Un Noël très sexy : Amanda

*

Un Noël très sexy : Cathy

*

Un Noël très sexy : Tatiana

JANELLE DENISON

Un Noël très sexy : Amanda

INTÉGRALE
UN NOËL TRÈS SEXY

Traduction française de
DIANE HAMILTON

• SAGAS •

HARLEQUIN

Collection : SAGAS

Titre original :

HE'D BETTER WATCH OUT!

Ce roman a déjà été publié en 2010

HARPERCOLLINS FRANCE
83-85, boulevard Vincent-Auriol, 75646 PARIS CEDEX 13
Service Lectrices — Tél. : 01 45 82 47 47

www.harlequin.fr

ISBN 978-2-2804-1899-7 — ISSN 2426-993X

Prologue

Vas-y ! Fais-le ! Personne ne le saura jamais.

Ce conseil, qui se prétendait avisé, provenait de la petite diablesse installée sur l'épaule gauche d'Amanda Creighton. Bien sûr, la diabolique Désirée, le surnom qu'Amanda avait donné à la partie la plus audacieuse de sa conscience, n'était qu'un pur produit de son imagination. Pourtant, ce petit lutin machiavélique semblait surgir chaque fois qu'une pensée malicieuse lui traversait l'esprit. Avec son petit top d'un rouge éclatant, sa minijupe moulante et ses talons aiguilles, Désirée semblait toujours prête à l'entraîner dans toutes sortes de tentations.

Par chance, Amanda avait aussi son petit ange, Angie, installé sur son épaule droite, pour contrecarrer les suggestions pernicieuses de Désirée. D'ailleurs, Angie s'efforçait à l'instant même de préserver son intégrité.

Ne fais pas cela, Amanda, disait Angie de ce ton

de reproche qu'elle utilisait chaque fois que Désirée l'entraînait sur le mauvais chemin. *Tu sais que ce n'est pas bien.*

Désirée haussa les yeux au ciel.

Ne l'écoute pas, chuchota-t-elle à l'oreille d'Amanda. *Angie est si ennuyeuse ! D'ailleurs, c'est à cause d'elle que tu ne t'amuses jamais.*

Installée à son bureau, Amanda se cala dans son siège, et se massa les tempes. Devait-elle se laisser aller à écouter Désirée ? A dire vrai, chaque fois qu'elle était tentée par quelque espièglerie, c'était toujours le côté logique et rationnel d'Angie qui l'emportait. Ce qui signifiait qu'elle se comportait toujours avec raison, ce qui, selon Désirée, la rendait plutôt ennuyeuse.

Il en était ainsi depuis qu'Amanda avait douze ans. Désirée et Angie avaient surgi peu de temps après le décès de sa mère, et, depuis lors, s'affrontaient régulièrement. Après avoir perdu sa mère, et en tant que fille unique d'un père bourreau de travail, elle passait la plupart de son temps seule. Personne n'était là pour répondre à ses nombreuses interrogations, et cette profonde solitude avait certainement contribué à l'apparition de Désirée et Angie.

Aujourd'hui encore, alors qu'elle avait déjà vingt-sept ans, ces deux elfes semblaient croire que chacune d'elles savait ce qui lui convenait le mieux, et ne cessaient de lui donner leur avis en toutes occasions, aussi bien à propos des vêtements qu'elle achetait que des hommes avec lesquels elle sortait.

Aujourd'hui, c'étaient ses interrogations au sujet de Christian Miller, le mauvais garçon du bureau, sur lequel elle craquait complètement, qui avaient suscité la visite de Désirée. La petite diablesse n'avait eu de cesse d'encourager ses idées pernicieuses, déclenchant l'apparition d'Angie, désireuse de la ramener sur la voie de la raison.

Amanda poussa un soupir et s'empara de la liste de noms qu'elle était en train de réviser avant d'être interrompue par les voix de sa conscience. Lorsqu'elle s'était portée volontaire pour se charger de la liste de cadeaux de la fête de Noël des cadres de l'entreprise, elle n'avait pas songé un seul instant que cela pût être si compliqué.

Connaisseur, le magazine spécialisé dans les voyages et la gastronomie dont son père était propriétaire, faisait partie d'une vaste maison d'édition dont chaque service organisait sa fête de fin d'année le jour qui lui convenait le mieux. L'étage des cadres de la société, qui incluait aussi les services des ressources humaines, comptables et commerciaux, avait voté pour que la fête soit organisée le vendredi avant Noël, et c'était durant cette fête qu'aurait lieu l'échange anonyme de cadeaux.

En tant que rédactrice en chef de *Connaisseur* et bras droit de son père, Amanda avait la réputation d'être extrêmement organisée, et chacun avait donc été ravi qu'elle se propose pour s'occuper de la fameuse liste.

Sa plus grande tâche, pour coordonner cet échange de cadeaux, consistait à écrire le nom de chaque employé sur un morceau de papier qu'elle glissait ensuite dans un sac, puis à demander à chacun de piocher un de ces billets afin de découvrir à qui il devrait offrir un cadeau. En revanche, celui qui recevrait le cadeau ignorerait le nom de son donateur. C'était le jeu.

Elle inscrivait ensuite chaque nom sur sa liste, puis tirait elle-même un bulletin pour les employés absents ce jour-là. Tout s'était déroulé parfaitement jusqu'à ce qu'elle ouvre le billet qu'elle avait tiré pour Stacey Robert, la bimbo du bureau, et qu'elle y lise le nom de Christian Miller, l'un des cadres du service commercial.

Elle sentit les battements de son cœur s'accélérer comme il en allait toujours dès qu'elle pensait à Christian. Avec ses cheveux d'un noir de jais, ses yeux bleu sombre et son corps musclé incitant au péché, Christian était l'objet de tous ses fantasmes. Sans parler de son irrésistible sourire, qui aurait pu faire fondre un glacier. Inutile de dire que toutes les femmes du bureau étaient folles de lui, tout comme elle.

A sa connaissance, Stacey aurait adoré faire équipe avec Christian, de préférence en position horizontale, mais Amanda ne pouvait se résoudre à offrir cette satisfaction à la blonde incendiaire. Après tout, pourquoi ne pas garder Christian pour elle et faire en sorte que Stacey se retrouve avec sa principale rivale, Mélissa Wintz ? Réunir ces deux tempéraments aussi incendiaires ne manquerait pas d'ajouter du piment à l'échange annuel de cadeaux.

Allez, Amanda, la titilla Désirée, *tu meurs d'envie d'échanger les noms afin de devenir la partenaire de Christian pour cette soirée. Pourquoi pas ? Il te plaît tant. De plus, il est célibataire et sexy.*

Amanda esquissa un sourire, jusqu'à ce qu'Angie surgisse sur son épaule droite avec ses propres arguments.

Tu sais très bien que Christian n'est pas pour toi ! s'exclama Angie. *Il n'est pas homme à s'engager, et aurais-tu, par hasard, oublié sa mauvaise réputation ? Souviens-toi du jour où il s'est fait surprendre dans une salle de conférences en position très compromettante avec cette fille du service production. As-tu envie de t'impliquer avec un tel homme ?*

Amanda se souvenait très bien de l'incident, qui avait causé de nombreuses rumeurs ainsi que maintes spéculations sur les prouesses sexuelles de Christian. Ces ragots croustillants n'avaient fait qu'ajouter du piment aux fantasmes que Christian déclenchait en elle. Que n'était-elle aussi audacieuse que la femme avec laquelle il avait été surpris ! Hélas, elle se rappelait aussi très bien la déception de son père lorsqu'il avait convoqué ses deux employés dans son bureau, le lendemain, afin de les réprimander et de les exhorter à se comporter avec décence durant leurs heures de travail. Par chance pour Christian, les ragots avaient cessé lorsque l'assistante de production avait quitté la société, deux semaines plus tard.

Ce n'est qu'un coureur de jupons ! poursuivit Angie. *Il a bien plus de numéros de téléphone féminins dans son petit carnet noir que tu as de paires de stilettos dans ton placard. Des chaussures magnifiques, d'ailleurs*, ajouta Désirée, *mais qui ne voient que rarement le jour. C'est un crime de ne pas porter de telles beautés !*

Désirée avait raison. Amanda craquait régulièrement sur de vertigineuses paires de talons hauts, très sexy — ses créateurs préférés étant Jimmy Choo et Manolo Blahnik — mais ces élégants escarpins ne quittaient que trop rarement son placard. Elle se contentait de les admirer, et les enfilait parfois pour faire quelques pas chez elle. Hélas, elle ne les portait jamais à l'extérieur. De tels talons n'étaient pas pratiques pour le quotidien, et ces chaussures si sexy ne s'accordaient guère avec les tailleurs stricts qu'elle portait au bureau. A moins de vouloir attirer l'attention, y compris celle de son père.

Il y avait bien longtemps qu'elle avait décidé que, si certaines femmes collectionnaient les figurines en porcelaine, juste pour le plaisir des yeux, elle pouvait faire de même avec les chaussures de créateurs.

Et alors ? Etre un coureur de jupons n'est pas nécessairement une mauvaise chose, fit remarquer Désirée, ramenant la conversation sur Christian et sur les raisons pour lesquelles Amanda pourrait envisager d'avoir une aventure avec lui. *Quelle importance s'il n'est pas du genre à s'engager ? Pourquoi ne pas se laisser tenter par une liaison avec un homme bâti comme un dieu et doué au lit ? Lui, au moins, il a l'air de savoir comment s'y prendre.*

Amanda fit la grimace en entendant cette dernière remarque. Désirée faisait référence à son dernier petit ami dont les performances sexuelles étaient des plus déplorables. En moins de cinq minutes, il avait terminé son affaire, puis s'endormait pour la nuit en la laissant chaque soir de plus en plus frustrée.

Cependant, leurs piètres relations sexuelles n'avaient pas joué dans la décision de mettre un terme à leur liaison. Comme la plupart des hommes qui sortaient avec elle, il avait surtout été attiré par son nom, sa fortune, et les opportunités professionnelles que pourrait lui offrir son père.

Angie fit la moue en entendant le commentaire de Désirée, puis revint à la charge.

Christian ne te convient pas du tout, et après ce scandale de la salle de conférences, ton père risque de ne pas apprécier que tu sortes avec lui. Il ne serait guère ravi que Christian devienne ton prétendant.

Son prétendant ? rétorqua Désirée. *Laisse-moi rire ! Elle n'a pas l'intention de l'épouser ! De plus, son père n'a pas besoin de savoir quoi que ce soit. N'oublie pas que Christian s'est montré plus que raisonnable ces huit derniers mois. Il s'est concentré sur son travail et a eu un comportement exemplaire.*

Mmm, ça, c'est juste parce qu'une promotion est en jeu, répliqua Angie. *Ce qu'il veut, c'est obtenir ce poste de directeur des ventes et impressionner le père d'Amanda en lui faisant remarquer qu'il est l'un des éléments les plus performants de l'équipe.*

Tu as raison, acquiesça Désirée, *mais il ne va pas non plus mettre sa libido en berne* ad vitam æternam, *et cela pourrait jouer en faveur d'Amanda.*

Amanda avait l'impression de devenir folle.

— Ça suffit, vous deux ! ordonna-t-elle d'un ton impérieux.

Par chance, la porte de son bureau était fermée. Que penseraient ses collègues s'ils l'entendaient ?

— Je n'ai jamais dit que je voulais avoir une liaison avec lui, reprit-elle.

Désirée se pencha vers elle et lui chuchota à l'oreille :

Tu ne l'as peut-être pas exprimé de façon claire et nette, mais tu ne cesses d'y songer. N'essaie pas de me faire croire le contraire. Je te connais trop bien !

Oui, et depuis trop longtemps, songea Amanda. Quand cette discussion avait-elle échappé à son contrôle ? Elle avait juste envisagé l'idée de changer deux noms sur la liste de Noël, et tout ceci avait abouti à une conversation avec sa conscience sur son absence de vie amoureuse.

Elle poussa un profond soupir, essayant de se calmer.

— Il est hors de question que j'aie une aventure avec lui, affirma-t-elle.

La petite auréole au-dessus de la tête d'Angie se mit à étinceler, et l'ange de bonté se tourna vers la diablesse qui se tenait sur l'épaule gauche d'Amanda avec un sourire de triomphe.

Bravo, Amanda !

Désirée secoua la tête d'un air déçu.

Tu refuses donc de t'accorder des nuits de passion et de sexe incroyables, alors que tu as là une opportunité en or ! C'est pitoyable.

Amanda ne supportait plus ces échauffourées.

— Fichez-moi la paix, toutes les deux, marmonna-t-elle.

Mais…

— Laissez-moi tranquille !

Elle ferma les yeux, essayant de retrouver son calme. Quelques instants plus tard, elle les rouvrit, ravie de ne plus avoir à affronter les deux parts de sa conscience. Elle jeta un coup d'œil à la liste. Tout ce qu'elle voulait, c'était, pour une fois, se sentir sexy et audacieuse, et parvenir à capter l'intérêt d'un homme comme Christian.

Si elle inscrivait son nom en face du sien, elle pourrait lui offrir un cadeau pour le séduire. Oui, elle pourrait observer sa réaction lorsqu'il ouvrirait son présent, sans qu'il sache qui lui avait offert quelque chose d'aussi provocant. Ce serait comme avoir un petit interlude privé avec lui, sans implication émotionnelle ni physique.

Oui, lui offrir un cadeau de façon anonyme serait amusant, pour tous les deux. Christian apprécierait sans nul doute l'attention, mais, même s'il était intrigué, il ne chercherait certainement pas à connaître l'identité du donateur. De plus, tout le monde ignorerait ce qu'elle avait fait.

Décidément, cette idée lui plaisait de plus en plus, et, avant de changer d'avis, elle inscrivit le nom de Christian sur sa liste, juste en face du sien.

1

Christian se précipita dans le couloir qui menait au bureau de Douglas Creighton, le propriétaire et éditeur du magazine *Connaisseur*. Il avait été convoqué par le grand patron, et, étant donné qu'une promotion se profilait à l'horizon, il était hors de question de le faire attendre.

Christian venait de passer les huit derniers mois à tenter de faire oublier sa réputation ternie après le désastreux incident de la salle de conférences avec Maureen Bowen, ce qui incluait de repousser les avances de toutes les femmes de la société qui pensaient qu'il était une proie facile, surtout celles de Stacey Robert qui semblait s'être donné pour mission de le conquérir.

Depuis que Maureen avait quitté la compagnie, il s'était concentré sur son travail, passant de longues heures au bureau, proposant de nouvelles stratégies de vente aux résultats si performants qu'il avait été propulsé en tête des meilleurs commerciaux durant ces six derniers mois. Il n'avait de cesse de décliner les invitations de ses amis à passer ses soirées en leur compagnie au bar du coin pour boire quelques verres et courtiser de jolies femmes. D'ailleurs, il avait aussi perdu l'habitude de s'accorder deux heures au restaurant pour déjeuner, se contentant d'une courte pause, et les seuls coups de téléphone qu'il recevait au travail étaient strictement professionnels. Ses meilleurs copains commençaient à se moquer de lui, le traitant de moine, étant donné qu'il n'avait eu aucune aventure depuis plusieurs mois.

Oui, il avait tout fait pour effacer ce fâcheux incident et rester concentré sur son travail, et sur la possibilité d'obtenir cette promotion au poste de directeur des ventes qu'il convoitait tant. D'ici quelques semaines, après Noël et le premier de l'an, il découvrirait enfin si son comportement avait payé.

Alors qu'il se rendait à l'étage directorial pour son rendez-vous avec Creighton, il passa devant un dédale de box dans lesquels s'affairaient maints employés. Les larges bureaux qui entouraient ces box, situés au vingt-septième étage de la tour Jackman Butler, et offraient des vues spectaculaires sur Manhattan étaient réservés aux cadres supérieurs de la société. C'était là son but ultime : travailler enfin dans l'un de ces magnifiques bureaux aux larges baies vitrées et au superbe mobilier en merisier.

Il avançait le long du couloir lorsque soudain Stacey surgit de l'un des box et se mit délibérément en travers de son passage, l'obligeant à s'arrêter s'il ne voulait pas percuter sa plantureuse poitrine mise en valeur par son très sexy costume de mère Noël, qu'elle avait déjà revêtu pour la fête de cet après-midi. La minirobe de velours rouge avait sûrement dû faire fantasmer tous les hommes de l'étage.

Hélas, Stacey avait des vues sur lui, alors qu'il n'était pas intéressé. Il avait repoussé ses avances plus de fois qu'il ne pouvait les compter, mais Stacey semblait déterminée. Or, malgré sa réputation de coureur de jupons, il avait bien changé durant ces derniers mois, et une aventure aussi facile ne le tentait plus du tout. Non, les femmes aussi affranchies que Stacey n'avaient plus rien pour lui plaire.

Cependant, il lui sourit tout de même, parce qu'il n'avait aucune raison de s'en faire une ennemie. Après tout, il devait travailler avec elle chaque jour.

— Très joli costume, Stacey, dit-il. Je suis sûr que tu auras beaucoup de succès à la fête.

— Ravie qu'il te plaise. Tu sais que nous allons échanger des cadeaux, tout à l'heure.

Du bout des doigts, elle effleura sa cravate et s'approcha tout près.

— Si tu m'accordes la chance d'être ton Père Noël secret, je te promets de t'offrir quelque chose dont tu te souviendras très, très longtemps, ajouta-t-elle d'un air suggestif.

Mon Dieu ! Stacey savait être directe ! A une certaine époque, il aurait été séduit par une femme aussi entreprenante, mais là, non merci, il n'était pas intéressé. Il avait plutôt l'impression d'être un animal pris au piège.

— Heu… Merci, je m'en souviendrai.

— J'y compte bien ! s'exclama Stacey.

Avant qu'elle ne puisse lui faire d'autres propositions sulfureuses, il la dépassa et s'éloigna. Ce ne fut qu'à ce moment qu'il se rendit compte que tout le monde les avait observés avec un intérêt évident.

Génial…

Les hommes avaient l'air déçus, semblant incapables de comprendre comment il avait pu repousser une telle offre. Quant à Drew, qui n'avait jamais rien fait pour cacher son homosexualité, il affichait un sourire radieux.

Christian poussa un soupir. Certes, il n'était pas homophobe et travailler avec Drew ne lui posait aucun problème. D'ailleurs, il le considérait presque comme un ami, mais les plaisanteries de Drew, qui lui répétait sans cesse que, si un jour il décidait de changer de bord, il serait ravi de lui faire les honneurs, le mettaient mal à l'aise.

Changer de bord ? Hors de question ! Il était hétérosexuel, et, s'il ne sortait plus guère ces derniers temps, c'était parce qu'il avait décidé de se concentrer sur sa carrière. Qui aurait cru que rester célibataire serait aussi difficile ?

Il secoua la tête de dépit et continua à avancer dans le long couloir qui menait à la suite directoriale de Douglas Creighton, puis passa devant un long panneau vitré à sa droite, qui jouxtait la mini-suite d'Amanda Creighton, un avantage dû à son statut de rédactrice en chef de *Connaisseur* et d'héritière de la lucrative maison d'édition. Les baies vitrées qui montaient jusqu'au plafond ne lui accordaient qu'un minimum d'intimité dans son sanctuaire, mais lui permettaient de garder un œil sur ce qui se passait en dehors de son bureau. D'après ce qu'il en avait vu, les doubles portes qui se trouvaient derrière son immense bureau conduisaient à un salon ainsi qu'à une salle de bains et une petite cuisine.

Même si Amanda était née avec une cuiller en argent dans la bouche, elle n'avait rien d'une prima donna comme la plupart des gens pouvaient le croire, à cause de la première impression qu'Amanda donnait en général : un mélange de sophistication et de réserve, le tout emballé dans un tailleur sévère.

Bien au contraire, il le savait. C'était une femme qui s'investissait dans tous les domaines de la fabrication du magazine, rédigeant l'éditorial mensuel, supervisant de nombreux projets et s'assurant que tout se déroulait à la perfection. Elle était douée pour diriger les équipes sans jamais offenser quiconque et savait gagner le respect de ses collègues.

Il s'arrêta devant la porte ouverte. Amanda se tenait à la gauche de sa table de travail en merisier, et il leva la main pour frapper juste à l'instant où elle se penchait pour ouvrir un tiroir et y chercher un dossier. Il ne put s'empêcher d'admirer la courbe sensuelle de ses hanches, et ses fesses moulées à la perfection dans son élégant pantalon noir.

Contrairement à Stacey, Amanda n'avait rien fait pour le provoquer, et pourtant la simple vue de son adorable postérieur l'excitait déjà.

Hélas, être attiré par la fille de son patron n'était pas la meilleure chose au monde. Certes, Amanda avait tout pour lui plaire, mais mieux valait ne pas franchir certaines limites.

Ayant trouvé ce qu'elle cherchait, Amanda referma son tiroir et se retourna. Soudain, elle le remarqua et poussa un petit cri de surprise.

— Christian ! s'exclama-t-elle le souffle court et les joues empourprées, je ne vous ai pas entendu arriver.

Avant même de s'en rendre compte, Christian baissa

les yeux et se retrouva en train d'admirer sa poitrine superbement mise en valeur par son pull de fin lainage. Le rouge éclatant du vêtement s'accordait à merveille avec ses cheveux bruns, longs jusqu'aux épaules, et donnait à ses grands yeux verts une nuance encore plus ardente que d'habitude. On aurait cru d'immenses émeraudes dans un écrin d'ivoire. Oui, Amanda Creighton était tout ce qu'il y avait de plus adorable.

Bon sang, ressaisis-toi, mon vieux !

— Désolé, dit-il, je ne voulais pas vous effrayer. J'allais frapper. J'ai rendez-vous avec Douglas.

— Oh, bien sûr, répondit Amanda en reprenant un ton des plus professionnels.

Etait-il en train de rêver, ou les pointes de ses seins avaient-elles subitement durci sous son pull ? Pourtant, il ne faisait pas froid dans la pièce.

— Il m'a dit de vous faire entrer dès que vous serez là, dit-elle. Allez-y, il vous attend.

— Parfait, merci.

Il commença à avancer, puis soudain, se retourna.

— Serez-vous présente à la fête, cet après-midi ?

Pourquoi diable lui posait-il cette question ? Etait-ce à cause de l'attirance qu'elle avait toujours exercée sur lui, ou bien de l'excitation qu'il venait de ressentir ?

— Je ne la manquerais pour rien au monde, affirma Amanda en s'asseyant à sa table de travail et en lui souriant. Je crois que nous allons bien nous amuser, surtout avec cet échange secret de cadeaux.

— A qui allez-vous en offrir un ? demanda-t-il.

Elle le regarda d'un air amusé.

— Vous savez très bien que je ne peux pas vous le dire !

— Vous pourriez, si vous le vouliez. Après tout, vous, vous êtes au courant de toute la liste, mais personne ne sait pour qui vous allez acheter un cadeau.

— Que voulez-vous, répliqua-t-elle avec un petit rire, c'est l'un des avantages d'être responsable de cette liste. Et vous savez, j'ai toujours été douée pour garder un secret.

Puis elle tendit le doigt en direction des doubles portes derrière lui.

— Je crois que Douglas vous attend.

Aussitôt Christian se maudit de s'être laissé aller à cette conversation. Où avait-il la tête ?

Il se retourna et se dirigea vers le bureau de Douglas, s'arrêta un instant pour se ressaisir, puis frappa deux coups et entra dans la spacieuse suite.

Assis à son bureau, son directeur leva les yeux vers lui. Douglas Creighton était âgé d'environ soixante-cinq ans, mais faisait partie de ces hommes chanceux sur lesquels le temps semble ne pas avoir de prise. Sa chevelure poivre et sel trahissait son âge, mais lui donnait un air des plus distingués. Ses yeux verts en amande avaient la même forme et la même nuance que ceux de sa fille, et il émanait de lui un indéniable air d'autorité et de puissance.

Christian s'approcha.

— Vous vouliez me voir, monsieur ?

— Oui, répondit Douglas en retirant ses lunettes qu'il posa sur le bureau. Je vous en prie, asseyez-vous, Christian.

Il était plutôt rare d'être convoqué dans le bureau de Douglas Creighton, et en songeant à la dernière visite qu'il avait faite en ces lieux, après le scandale de la salle de conférences, Christian espérait que cet entretien se terminerait sur une note plus positive.

Il s'assit et se força à se détendre.

— Que puis-je faire pour vous, monsieur ?

— En fait, c'est moi qui peux faire quelque chose pour vous, répondit Douglas en le regardant droit dans les yeux. J'étais en train de consulter les dernières évaluations des employés, et j'avoue que je suis très impressionné par vos performances de vente, tout comme par les initiatives que vous avez prises ces derniers temps, et qui ont permis d'accroître les ventes publicitaires du magazine.

— Merci, monsieur.

— Vous savez faire bon usage du talent que j'avais décelé en vous, Christian. Vous travaillez dur et je sais que vous avez fait de nombreuses heures supplémentaires.

Douglas prit une enveloppe dans le tiroir supérieur de son bureau, et la lui tendit.

— Voici donc une prime pour récompenser votre travail.

L'enveloppe n'était pas fermée et Christian l'entrouvrit pour jeter un coup d'œil au chèque qu'elle contenait. Il déglutit, impressionné par son montant.

— C'est très généreux à vous, monsieur, merci.

Douglas hocha la tête.

— J'ai toujours su que vous aviez un très fort potentiel, Christian, et j'espère que vous resterez longtemps parmi nous. Vous savez que j'aurai bientôt un poste de directeur des ventes à pourvoir, et je dois dire que vous faites partie des candidats potentiels. Continuez comme cela, et nous nous reverrons certainement en début d'année prochaine.

Christian jubilait. Il n'aurait pu espérer meilleure nouvelle. Il n'avait donc plus qu'à se maintenir dans la ligne droite durant les deux prochaines semaines, et, d'ici peu, l'un de ces splendides bureaux directoriaux deviendrait peut-être le sien.

Un peu plus tard dans l'après-midi, la fête de Noël battait son plein dans le service. Son rendez-vous avec

Douglas s'était si bien déroulé que Christian était d'humeur joyeuse et prêt à festoyer avec ses collègues.

Chaque membre de l'étage des cadres avait été convié dans la salle de réception où trônait un faux sapin de Noël aux branches garnies de guirlandes et de boules multicolores. A côté de l'arbre se dressait un monceau de cadeaux prêts à être ouverts. Les conversations allaient bon train, le lait de poule et la sangria remplissaient les verres et l'humeur générale était plus que festive. De nombreuses branches de gui avaient été disposées en divers endroits dans la pièce, mais Christian prenait garde de s'en tenir éloigné. Inutile d'être entraîné dans un baiser fougueux sous un de ces arrangements floraux par Stacey… ou Drew qui ne cessait de lui faire de l'œil.

— Votre attention, s'il vous plaît ! s'exclama soudain Stacey en tapant dans ses mains. Il va être l'heure de notre échange de cadeaux. Veuillez vous asseoir, s'il vous plaît.

Christian prit un siège et s'installa en face d'Amanda. Ils échangèrent un vague sourire avant que Jason, assis à côté de la jeune femme, n'entame la discussion avec elle. Christian en profita pour l'observer. Le délicat visage d'Amanda avait un profil parfait. Il admira la courbe sensuelle de ses lèvres, ses pommettes hautes, et lorsqu'elle tourna la tête, il fut une fois de plus soufflé par ses grands yeux d'émeraude.

Sentant de nouveau le désir l'envahir, il préféra détourner le regard. Cela faisait bientôt cinq ans qu'il travaillait avec elle, et il l'avait toujours trouvée attirante et distinguée. Hélas, elle était hors de sa portée. Autant s'en souvenir avant de faire quelque chose de complètement stupide, comme lui demander de sortir avec lui.

Comme si une femme de son calibre pouvait être intéressée par un play-boy tel que toi !

Il repoussa cette idée au fond de son esprit, et retourna son attention sur la fête. Quelqu'un avait mis un CD de chansons de Noël, et un air entraînant emplissait la pièce. Levant les yeux, il vit la mère Noël s'avancer droit sur lui, un sourire carnassier aux lèvres. Stacey se pencha avec lenteur, lui donnant un large aperçu sur son décolleté tout en lui tendant une mince et longue boîte.

— Voici ton cadeau, dit-elle en se léchant les lèvres d'un air qu'il jugea beaucoup trop vulgaire. Et, pour ta gouverne, sache que tu peux, moi aussi, me déballer quand bon te semblera…

Qu'en termes raffinés ces choses-là étaient dites !

Stacey s'éloigna avec un déhanchement délibérément exagéré et Christian soupira. Pourquoi ne s'en prenait-elle pas à un autre homme ? Devrait-il supporter encore longtemps ses allusions sulfureuses ? Stacey était-elle sa punition pour son comportement passé ?

Le seul point positif dans cette histoire, c'était que, grâce à elle, il se rendait compte qu'il n'avait plus envie de plonger dans des liaisons aussi superficielles que celles dont il avait l'habitude.

L'échange de cadeaux se poursuivit. Jason eut droit à une pince porte-billets, et Drew reçut le DVD de son film favori, *Le Secret de Brokeback Mountain*. Quelqu'un offrit à Amanda un coffret comprenant un bain moussant et un lait pour le corps de la marque Victoria's Secrets, et Stacey ne fut que trop ravie de montrer à tout le monde le string coquin que le Père Noël lui avait apporté. D'ailleurs, Christian fut même surpris qu'elle ne propose pas de l'essayer afin que chacun se rende compte à quel point il lui allait bien.

Christian n'avait pas encore ouvert son cadeau. Lorsque son tour arriva, il déballa son paquet et découvrit une magnifique cravate aux rayures bleues et grises. Dieu merci, ce cadeau n'avait rien d'embarrassant. Sous la cravate il remarqua une petite enveloppe, qu'il ouvrit aussitôt, et lut le message, rédigé sur ordinateur.

Au premier regard, cette cravate semble un cadeau tout à fait innocent et elle le sera, si tu la portes pour travailler. Cependant, si tu étais mon amant, je l'utiliserais pour t'attacher afin de pouvoir te prodiguer toutes les caresses dont je rêve depuis si longtemps.

J'aimerais te caresser, m'offrir à toi, et te faire perdre l'esprit. Me permettras-tu de vivre mon fantasme ?

Bon sang ! Qui diable pouvait lui avoir écrit un message aussi excitant ?

Il leva les yeux et regarda autour de lui. Une douzaine de personnes l'observaient, mais peu d'entre elles auraient pu rédiger ce message.

— Mmm, jolie cravate, dit Stacey.

Etait-elle l'auteur de ce petit billet ?

— Tout à fait d'accord, ajouta Drew en décochant un clin d'œil à Christian. Ces rayures bleues et grises s'accordent si harmonieusement avec tes beaux yeux !

Oh, mon Dieu ! Drew fantasmait-il sur lui ? Avait-il l'intention de le ligoter à son lit ?

Avait-il été excité par le message d'un homme qui envisageait une séance de bondage avec lui ? Cette seule idée suffit à calmer son excitation.

Décidé à trouver une réponse à sa question, il observa les autres membres du personnel, mais la plupart avaient déjà reporté leur attention sur la prochaine personne à ouvrir son cadeau.

Mis à part Amanda, qui le regardait d'un air amusé.

Amanda.

C'était elle qui était responsable de la liste, et la seule à savoir qui lui avait offert ce présent. S'il ne découvrait pas bientôt l'identité de sa mystérieuse admiratrice, il allait devenir fou. Pourvu qu'il s'agisse bien d'une admiratrice, d'ailleurs, et non d'un admirateur ! Oui, il fallait absolument qu'il sache, sinon il ne cesserait de se poser des questions.

D'autant qu'il ne pouvait se permettre ce genre de distraction, alors qu'il était si près d'une promotion. Alors au diable les moyens qu'il devrait employer !

Amanda était la seule à savoir, et il allait tout faire pour qu'elle lui révèle l'identité du mystérieux expéditeur.

2

Plutôt intéressant, comme réaction, déclara Désirée en apparaissant sur l'épaule gauche d'Amanda.

Amanda était en train de rapporter des assiettes vides dans la petite pièce adjacente, une manœuvre aussi bien destinée à ranger la salle après la fête qu'à échapper au regard interrogatif que Christian ne cessait de lui jeter depuis une heure. Pourquoi l'observait-il ainsi ? Son insistance commençait à la rendre nerveuse.

« Intéressant » était l'adjectif approprié pour décrire sa réaction au cadeau qu'il avait reçu. Lorsqu'il avait ouvert son présent, Christian avait semblé soulagé de ne pas découvrir d'accessoire sulfureux. Puis, il avait lu le billet qu'elle avait glissé au fond de la boîte, et de l'autre bout de la pièce, elle avait vu son expression passer de l'incrédulité à la fascination. Le petit sourire qui s'était affiché sur ses lèvres lui avait procuré un délicieux frisson. Jusqu'au moment où Christian avait planté son regard dans le sien, et qu'elle avait commencé à paniquer.

Elle posa la vaisselle dans l'évier, l'aspergea de produit dégraissant et fit couler de l'eau. Pourquoi Christian semblait-il déterminé à l'interroger ? La meilleure chose à faire était de l'éviter jusqu'à ce que la fête soit terminée. Déjà, plusieurs employés se dirigeaient vers leurs bureaux, s'apprêtant à partir en week-end, et d'ici peu Christian ferait sûrement de même. Avec un peu de chance, le message qu'elle lui avait envoyé serait oublié d'ici lundi matin.

J'ai un mauvais pressentiment, dit Angie, assise sur son épaule droite.

Cesse donc d'être aussi rabat-joie, s'exclama Désirée. *Christian apprécie le cadeau, tout comme le message. A présent, si seulement Amanda voulait bien avoir le courage de mettre ses fantasmes en scène, elle vivrait une aventure merveilleuse, j'en suis convaincue.*

Agacée par leurs chamailleries, Amanda secoua la tête tout en s'éloignant de l'évier, avant d'attraper un torchon pour se sécher les mains.

— Laissez-moi tranquille, toutes les deux, vous allez me rendre folle !

— Qui est-ce qui vous rend folle ?

Surprise par la voix de Christian, Amanda se retourna pour lui faire face. Debout dans l'embrasure de la porte, il était aussi séduisant que d'habitude, avec ses cheveux ébouriffés, ses grands yeux bleus, et ce corps superbe qu'elle avait imaginé nu tant de fois. Sourcils froncés, il semblait attendre une réponse à sa question.

« Mon Dieu, il est superbe, soupira Désirée en faisant mine de s'éventer. Tu ferais bien de te décider, Amanda, sinon tu vas te le faire piquer ! »

Si Amanda avait eu la possibilité de chasser la petite diablesse de son épaule, elle l'aurait fait, mais préféra l'ignorer.

— Heu… Personne, j'étais juste en train de… heu… parler toute seule.

— Oh ! Ecoutez, j'ai besoin de vous parler.

« Ça, ça ne dit rien de bon, insista Angie. Je t'avais bien prévenue que c'était une mauvaise idée de lui faire ce cadeau. »

Amanda décida d'ignorer aussi Angie. Il était hors de question que les appréhensions de son ange gardien la perturbent. Posant le torchon sur le comptoir, elle esquissa un large sourire à l'attention de Christian, comme si tout allait bien.

— Bien sûr. Que se passe-t-il ?

— J'ai besoin de voir la liste secrète des cadeaux de Noël, déclara Christian.

Ha, ha ! murmura Angie.

— Christian, vous savez très bien que je ne peux

pas vous montrer cette liste, répondit Amanda d'un ton qu'elle s'efforça de garder détaché.

— Dans ce cas, dites-moi au moins qui m'a offert ce cadeau.

Amanda secoua la tête.

— Ça non plus, je ne peux pas vous le dire.

Christian plissa les yeux, et s'avança lentement vers elle.

— Oh que si, vous le pouvez.

— Non, c'est impossible.

Elle recula d'un pas, et laissa échapper un petit cri de surprise en sentant le comptoir dans son dos.

Christian s'arrêta juste devant elle. Sa présence la troublait. Il était si près qu'elle sentait les notes fraîches de son eau de toilette et ne pouvait s'empêcher de fixer ses lèvres sensuelles.

— Est-ce qu'il y a un problème avec votre cravate ? Si elle ne vous plaît pas, je peux toujours demander à la personne qui vous l'a offerte de la changer.

— Non, la cravate est très bien.

— Dans ce cas, quel est le problème ?

Christian hésita un instant, puis planta son regard dans le sien.

— Il y avait un message, avec le cadeau, et j'ai besoin de savoir qui l'a écrit.

— Ce message contenait-il des propos désagréables ? demanda Amanda alors que son cœur battait la chamade.

Jusqu'où Christian était-il prêt à aller pour satisfaire sa curiosité ?

— Tout dépend de l'expéditeur, répondit-il d'un air frustré. Je soupçonne deux personnes, et s'il s'agit de l'une ou de l'autre… Disons que je ferais bien de surveiller mes arrières.

Apparemment, Christian redoutait que l'auteur ne fût Drew ou Stacey.

Il y eut un bruit de voix de l'autre côté du couloir, et Christian jeta un rapide coup d'œil par-dessus son épaule pour s'assurer qu'ils étaient toujours seuls, avant de reporter son attention sur Amanda. Il s'approcha un peu plus près, si c'était possible, soutenant son regard.

— Amanda, je vous jure que si vous acceptez de me révéler qui était mon donateur secret, je garderai cette information pour moi, et personne ne saura jamais que vous m'avez dit quoi que ce soit.

Eh bien ! Elle l'avait troublé bien au-delà de ses espérances avec ce message ! Désormais, il était impératif qu'il ignore toujours qu'elle en était l'expéditrice, parce que cela rendrait les choses beaucoup trop compliquées entre eux au bureau.

Désolée d'insister, mais tu ne pourras pas dire que je ne t'avais pas prévenue ! chuchota Angie.

Amanda s'écarta de Christian.

— Désolée, Christian, mais tout le monde me fait confiance avec cette liste, et c'est à chacun de décider s'il veut ou non que la personne à qui il a fait un cadeau connaisse son identité. Je ne peux tout de même pas trahir mes collègues.

Christian la dévisagea un long moment, puis il sembla enfin comprendre qu'il ne gagnerait pas la partie.

— Tant pis.

Sans ajouter un seul mot, il se détourna et quitta la pièce.

Bravo, bien joué ma belle ! s'exclama Désirée avec fierté.

Amanda s'efforça de calmer les palpitations de son cœur. Décidément, la réaction de Christian avait été au-delà de toutes ses espérances.

Au bout du compte, avait-elle envie ou non qu'il découvre la vérité ?

Bon sang ! Amanda allait-elle enfin se décider à quitter son bureau ?

Caché dans la salle de réunion de l'autre côté du couloir du bureau d'Amanda, Christian tentait de prendre son mal en patience. Dissimulé par l'obscurité, il surveillait Amanda à travers la paroi vitrée de son bureau. C'était agréable de pouvoir la regarder alors qu'elle n'en avait pas conscience. Se croyant seule en ce vendredi soir à dix-huit heures, Amanda était plus décontractée que d'habitude. La réserve qu'elle ne manquait pas d'afficher en présence de ses collègues avait disparu, et elle semblait à la fois plus douce et plus détendue.

Alors qu'elle se mouvait autour de son bureau avec une grâce naturelle, il admira ses courbes sensuelles, tout comme ses magnifiques cheveux bruns, véritable invite aux caresses. Lorsqu'elle se passa la langue d'un air absent sur les lèvres, il ne put s'empêcher d'imaginer cette bouche sur la sienne, impatiente et avide.

A partir de cet instant, d'autres images, de plus en plus sulfureuses, envahirent son esprit.

Le message qu'il avait reçu avec son cadeau lui revint à la mémoire, l'entraînant vers de nouveaux fantasmes. Il se rappela alors pourquoi il était caché là, dans cette salle de réunion, attendant dans l'obscurité. Non, ce n'était pas parce qu'il était subitement devenu voyeur, malgré le puissant désir qui l'avait envahi en contemplant Amanda.

Après avoir compris qu'elle n'accéderait pas à sa demande de lui révéler l'identité de l'expéditeur du billet, il avait conclu qu'il ne lui restait qu'une seule chose à faire. Traîner dans les bureaux jusqu'à ce que tout le monde soit parti, et trouver cette satanée liste secrète.

Grand Dieu, c'était pathétique !

Un long moment s'écoula encore avant qu'Amanda ne jette enfin quelques dossiers dans son attaché-case, et n'attrape sa veste de lainage noir pour l'enfiler.

Saisissant son sac et son attaché-case, elle éteignit les lumières et ferma son bureau derrière elle, avant de se diriger vers l'ascenseur qui l'emmènerait au parking privé où l'attendait sa voiture.

Dès que les portes de l'ascenseur se furent refermées sur Amanda, Christian quitta la salle de réunion. Ouvrir la porte de son bureau à l'aide de sa carte de crédit fut une chose aisée, et, enfin, il se glissa à l'intérieur.

Il alluma et commença à fouiller son bureau, se sentant vaguement coupable. Pour soulager sa conscience, il ne s'attarda sur aucun de ses dossiers, se concentrant sur la liste convoitée.

Hélas, ce qu'il cherchait ne semblait pas se trouver dans les tiroirs d'Amanda. La frustration l'envahit, et il poussa un juron, refusant d'admettre sa défaite.

Les poings posés sur les hanches, il jeta un coup d'œil autour de lui, et son regard s'arrêta soudain sur un meuble à dossiers suspendus. Pourquoi ne pas jeter un coup d'œil là-dedans ? Il fouilla jusqu'à la lettre L comme « liste » et émit un petit cri de joie en trouvant le dossier recherché. Enfin, il allait tenir entre ses mains la fameuse liste ! Il prit la feuille de papier et son regard s'arrêta sur son propre nom.

Un étrange sentiment l'envahit aussitôt, d'incrédulité mêlée d'excitation. Car, inscrit en face de son nom, se trouvait celui de la seule personne dont il n'aurait jamais soupçonné qu'elle pût être aussi audacieuse.

Amanda Creighton.

C'était donc Amanda qui lui avait écrit, de façon délibérée, un message aussi torride, sachant qu'il ne découvrirait jamais la vérité ?

Pas étonnant qu'elle refuse de lui montrer cette liste !

Qu'allait-il faire à présent ? S'il était avisé, il remettrait le dossier en place, agirait comme s'il n'avait jamais vu ce document, et se dépêcherait d'oublier Amanda et ses fantasmes érotiques.

— Qu'est-ce que vous faites ici ?

La voix d'Amanda le fit sursauter.

Tenant toujours la liste à la main, il se retourna pour lui faire face. Amanda le fixait de ses grands yeux écarquillés, et semblait à la fois choquée, paniquée… et plutôt mal à l'aise.

Voilà ! Il venait de se faire prendre la main dans le sac, et il ne lui restait plus qu'un seul choix : montrer à Amanda qu'il avait tout découvert et lui donner une petite leçon pour lui faire comprendre ce qu'une jeune femme aussi séduisante qu'elle risquait à jouer avec le feu.

Oh, je sens que les choses se précipitent ! s'enflamma Désirée en se frottant les mains.

Amanda était mortifiée d'avoir découvert Christian dans son bureau, la liste secrète entre les mains. Elle avait beau le fixer, il n'avait pas le moins du monde l'air gêné d'avoir été pris sur le fait. A dire vrai, il affichait même un air suffisant.

Et à en juger par son regard satisfait, il n'y avait plus aucun doute : il savait que c'était elle qui lui avait écrit ce billet érotique.

A quoi t'attendais-tu ? l'admonesta Angie. *A jouer avec le feu, on se brûle les ailes.*

Mmm, moi, ça ne me déplairait pas de jouer avec un si bel apollon ! susurra Désirée.

— Ça suffit, vous deux ! murmura-t-elle par-devers elle. Comment voulez-vous que je me concentre si vous ne cessez de vous chamailler !

Les deux petites voix de sa conscience se turent finalement, mais Amanda savait que la trêve ne serait que de courte durée. Ni Angie ni Désirée n'allaient rater la suite du spectacle.

Lorsque Amanda était arrivée à sa voiture et s'était rendu compte qu'elle avait oublié un dossier sur lequel elle avait prévu de travailler durant le week-end, elle n'avait absolument pas imaginé, en retournant le chercher dans son bureau, qu'elle se retrouverait confrontée à Christian. Et qu'elle allait devoir entamer une discussion qui lui déplaisait d'avance. Mais, à moins d'ignorer le fait qu'il était entré dans son bureau sans permission et avait fouillé dans ses dossiers, elle n'avait guère le choix.

Pourvu qu'elle réussisse à se sortir de cette situation en gardant sa dignité.

— Je vous ai demandé ce que vous faisiez ici ! répéta-t-elle d'un ton autoritaire.

— Cela me semble évident, répondit Christian d'une voix rauque qui la troublait déjà. Je viens de trouver la réponse que vous refusiez de me donner tout à l'heure. Avec de bonnes raisons, il me semble, étant donné que c'est vous qui m'avez écrit ce billet.

Bien qu'il ait raison, il était hors de question qu'elle le laisse s'en sortir ainsi. Elle avança vers lui à grandes enjambées, et se planta juste devant lui.

— Vous avez pénétré dans mon bureau par effraction. Je pourrais vous donner un avertissement, voire vous faire renvoyer !

Christian esquissa un petit sourire.

— Mais vous ne ferez ni l'un, ni l'autre.

— Et qu'est-ce qui vous en rend si certain ?

Christian se cala contre l'armoire à dossiers.

— Tout d'abord, je tiens à la main une liste qui prouve que vous êtes la généreuse donatrice qui m'a offert mon cadeau de Noël.

Amanda haussa les épaules.

— Et alors ?

— J'ai aussi un petit mot très provocant de votre part qui, s'il était montré à certaines personnes, pourrait être mal interprété.

— Qu'est-ce que vous voulez dire ?

— Voyons voir, répondit Christian en la dévisageant d'un regard amusé, tout d'abord, je pourrais parler de harcèlement sexuel.

Il plaisantait ou quoi ?

— Oh ! Ça, c'est une brillante idée, surtout de la part du play-boy du bureau !

— Hé ! J'ai eu un comportement exemplaire ces derniers mois, rétorqua Christian. De plus, je suis certain que votre père serait stupéfait de voir le genre de lettre que sa fille cst capable d'écrire.

— Vous n'êtes qu'un salaud !

Bon sang ! Elle n'aurait jamais dû écrire ce message ! Cependant, ce n'était pas une raison pour laisser Christian tirer avantage de la situation.

— Donnez-moi cette liste ! s'exclama-t-elle en tendant la main.

— Ça, c'est hors de question ! répliqua Christian en tenant le document hors de sa portée. Je garde cela comme monnaie d'échange. Vous pouvez me nuire pour être entré dans votre bureau sans autorisation, mais moi j'ai la liste secrète de Noël, et un petit mot torride qui va avec.

Amanda eut un hoquet de surprise.

— C'est du chantage !

— Mmm, on peut dire ça.

— Donnez-moi ça, Christian ! l'exhorta-t-elle de

nouveau, d'un ton péremptoire, qui lui permettait en général d'obtenir ce qu'elle voulait.

Hélas, pas aujourd'hui, et pas avec lui.

— Si vous la voulez, il vous faudra venir la chercher, dit-il en glissant la liste dans son pantalon, et en lui lançant un regard de défi. Alors ? On joue les timides ? Pourtant, c'est bien ce que vous vouliez, non ?

— Vous n'êtes qu'un mufle !

Christian croisa les bras devant lui et la regarda d'un air intrigué.

— Et vous, vous n'êtes qu'une allumeuse. Pourquoi m'avoir envoyé cette cravate et ce petit mot torride ?

— Ce n'était qu'une plaisanterie !

Une plaisanterie qui avait pris un tour qu'elle n'aurait jamais imaginé.

— Une plaisanterie ? répéta-t-il. Ce que vous vouliez, c'est abuser de moi en me ligotant sur votre lit avec cette cravate.

— Bien sûr que non !

Et voilà ! Tu ne te trouverais pas dans cette horrible situation si tu m'avais écoutée, chuchota Angie. *Tu vois ce qui arrive quand tu laisses Désirée guider tes actes.*

Christian s'écarta de l'armoire, et la dévisagea.

— Pourquoi avez-vous fait cela, Amanda ? demanda-t-il d'une voix rauque.

— Je vous ai dit que ce n'était qu'une plaisanterie !

Il s'approcha encore plus près, et en plongeant son regard dans ses grands yeux sombres, elle comprit qu'il ne la laisserait pas s'en tirer à si bon compte.

— Menteuse, chuchota-t-il. Je crois qu'en fait vous êtes secrètement attirée par moi.

D'instinct, elle posa une main sur son torse pour le tenir éloigné d'elle, et comprit aussitôt son erreur en sentant la chaleur qui émanait de lui. Son attirance était en train de se transformer en pur désir.

— Ne vous faites pas d'illusions, Casanova, l'attirance n'a rien à voir avec tout cela.

— Ah bon ? Alors, dites-moi un peu, miss, si vous n'êtes pas attirée par moi, pourquoi tremblez-vous ?

— Je crois que vous vous faites des idées, Christian !

— Vraiment ? Peut-être devrais-je vous faire passer un test pour en être sûr ?

Amanda fronça les sourcils.

— Un test ?

Plutôt que de lui répondre en paroles, il plaqua son corps contre le sien, et elle se sentit prise au piège entre lui et sa table de travail. Christian lui passa une main dans les cheveux, puis la plaqua sur sa nuque, l'incitant à lever la tête vers lui. Son regard aussi sombre que la nuit semblait l'inviter à tous les péchés.

— Qu'est-ce que… qu'est-ce que vous faites ? demanda-t-elle d'une petite voix.

— Ça me semble évident, non ? Puisque vous

prétendez ne pas être attirée par moi, je vous fais passer un test. Or, il semblerait que vous soyez en train d'échouer.

Il pencha la tête vers elle, et aussitôt une vague de panique la saisit. Si jamais leurs lèvres se rencontraient, elle était fichue. Jamais elle ne pourrait lui résister. Certes, il ne faisait que la taquiner, désireux de lui rendre la monnaie de sa pièce pour lui avoir adressé ce cadeau et ce billet torride, mais c'était une raison suffisante pour mettre un terme à cette situation complètement dingue.

— Christian…, dit-elle d'un ton qu'elle aurait voulu ferme, mais qui ne fut qu'un murmure.

Ses lèvres effleurèrent son cou et remontèrent jusqu'à son oreille, vers ce petit point sensible qui la faisait frissonner.

— Chuuut ! murmura-t-il.

Laisse-toi faire, Amanda, l'exhorta Désirée. *Tu es en train de vivre ce dont tu rêves depuis des mois !*

Désirée avait raison. Autant profiter de cet instant, et de tout ce que Christian était prêt à lui offrir.

Fermant les yeux, elle tourna la tête, appréciant la chaleur de ses lèvres sur les siennes, s'abandonnant à leur baiser, plongeant ses doigts dans les cheveux soyeux de Christian et le laissant prendre le contrôle des opérations.

Ses mains puissantes effleurèrent ses hanches, tandis

qu'il se plaquait contre elle, lui faisant comprendre à quel point il la désirait. Elle se cambra sans vergogne contre lui, et, semblant comprendre son impatience, il entoura ses fesses de ses mains et la hissa sur son bureau. Alors, d'un geste ferme, il s'installa entre ses cuisses et, au travers de leurs vêtements, elle sentit son sexe durci par le désir se nicher tout contre le sien.

La passion l'enflammait. Jamais elle n'avait rien éprouvé de tel. Elle noua ses jambes autour des cuisses musclées de Christian tandis que le feu courait dans ses veines, se répandant dans tout son corps comme un liquide en fusion. Il fallait qu'il lui fasse l'amour. Maintenant. Tout de suite. Ici même.

Semblant animées d'une volonté propre, ses mains descendirent de son torse à sa ceinture.

Soudain, Christian rompit leur baiser et s'écarta d'elle, l'air étonné. Il avait le souffle court, le regard lourd de désir, et elle dut faire un énorme effort pour ne pas l'attirer à elle afin qu'il finisse ce qu'il avait à peine commencé.

Toujours installée sur son épaule gauche, Désirée applaudissait ses efforts. *Enfin ! Il était temps que tu te laisses aller avec un homme.*

Christian marmonna quelque chose qu'elle ne comprit pas, et s'éloigna un peu plus, rompant tout contact physique, la laissant seule assise sur son bureau.

— Je ferais mieux de partir d'ici avant que nous

ne fassions tous les deux quelque chose que nous pourrions regretter.

A peine eut-il prononcé ces paroles qu'il quitta son bureau, la laissant confuse. Que diable venait-il de se passer entre eux ?

Etant donné leur relation professionnelle et la sulfureuse réputation de Christian, c'était peut-être aussi bien qu'il ait repris ses esprits à temps, avant que les choses ne soient arrivées à un point de non-retour.

Hélas, elle en était plus déçue que ravie.

Eh bien, celui-là, il sait embrasser ! s'exclama Désirée.

Bien sûr qu'il est doué, rétorqua Angie. *Il a de l'expérience !*

L'expérience n'est pas une mauvaise chose, répliqua Désirée avec un sourire narquois.

Amanda se passa une main tremblante dans les cheveux, et se remit debout.

— Peu importe. De toute façon, il a eu ce qu'il voulait, et maintenant, tout est terminé.

Christian avait gardé la fameuse liste par sécurité, et avait obtenu un baiser pour se venger. Un baiser des plus érotiques qui allait hanter ses rêves durant ses longues nuits solitaires.

3

Tenant la fameuse cravate entre ses mains, Christian arpentait son salon, songeant à ce baiser torride échangé avec Amanda quelques heures plus tôt.

Un baiser si excitant qu'il avait envie d'aller plus loin avec elle.

Dire qu'il avait juste voulu donner une bonne leçon à Amanda ! Lui montrer ce qu'une femme aussi sexy qu'elle risquait à jouer avec le feu. Tout ce qu'il avait réussi à faire avait été de déclencher un désir clairement partagé, et il lui avait fallu lutter contre ses envies pour ne pas lui faire l'amour sur son bureau.

A l'évidence, elle en avait pourtant autant envie que lui. Le simple souvenir de ses longues jambes fuselées nouées autour de ses hanches suffit à l'exciter de nouveau.

Mon Dieu, qu'allait-il faire de ce désir réciproque ?

Absolument rien ! Voilà la réponse qui aurait dû

lui surgir à l'esprit. Il avait abandonné Amanda en se jurant de ne plus jamais poser la main sur elle. Il devait avant tout penser à la relation professionnelle qui les liait, sans parler de la promotion pour laquelle il avait travaillé si dur ces derniers mois.

Pourtant, ce soir, en relisant le message torride qu'elle lui avait écrit et en songeant aux infinis plaisirs qu'ils pourraient partager, il ne pouvait s'empêcher de se demander si faire l'amour avec Amanda ne vaudrait pas la peine de prendre quelques risques.

Si.

De toute façon, comment résister à quelque chose qu'il désirait tant ? Après tout, ils étaient deux adultes consentants, et capables de s'accorder une liaison en dehors du bureau. Vu les efforts d'Amanda pour garder la liste secrète, il était plus qu'évident qu'elle serait tout à fait d'accord pour que leur liaison le soit aussi.

Rassuré par cette pensée, il esquissa un sourire. Ainsi, Amanda avait envie de le ligoter sur son lit pour lui faire l'amour ? Pas de problème, songea-t-il en glissant la cravate autour de son cou, et en la nouant de façon lâche.

Il était prêt à partager avec elle tous les jeux érotiques qui lui plairaient.

C'est aussi bien que Christian soit parti avant que les choses n'aillent trop loin entre vous.

Ni les conseils avisés d'Angie, ni l'énorme crème glacée au chocolat qu'elle dévorait à pleines cuillères ne pouvaient consoler Amanda. Même sa dernière acquisition de chez Jimmy Choo, une vertigineuse paire d'escarpins d'un rouge flamboyant, qu'elle venait d'enfiler après avoir pris un long bain, ne parvenait à la mettre de meilleure humeur. Plus déprimée que jamais, elle s'était installée sur le canapé, ramenant ses jambes sous elle, afin de ne plus voir ces élégantes chaussures qui ne connaîtraient jamais la lumière du jour, comme la plupart des autres paires de sa collection.

Elle ferma les yeux et poussa un profond soupir. Si sa crème glacée préférée et ces sublimissimes escarpins ne parvenaient pas à chasser sa mauvaise humeur, c'était qu'elle était encore plus déprimée qu'elle ne le croyait. Bien sûr, elle avait été déçue que Christian interrompe leur baiser sous prétexte d'éventuels regrets, mais jamais elle n'aurait cru éprouver un tel sentiment de rejet.

Quel autre homme pourrait lui faire revivre une telle excitation ?

Bien des heures après leur baiser, elle avait toujours envie de sentir ses lèvres brûlantes sur elle. Elle était si troublée qu'elle risquait fort de ne pas dormir de la nuit. Christian avait éveillé un puissant désir en elle, puis l'avait abandonnée, la laissant plus excitée que jamais.

Hélas, inutile de rêver ! A peine entamée leur liaison était déjà arrivée à son terme, songea-t-elle avant d'avaler une nouvelle cuillère de crème glacée. Christian lui avait fait clairement comprendre son point de vue sur la situation, et comme toutes ses autres conquêtes, elle n'était désormais plus qu'une victime de son charme.

Voilà ! Cela lui apprendrait à ignorer les conseils d'Angie. Après tout, elle était la seule à blâmer pour cet abominable fiasco.

Soudain, l'Interphone sonna, interrompant ses pensées. Attrapant le combiné sur la table basse à côté du canapé, elle décrocha.

— Allô ?

— Bonsoir, mademoiselle Creighton, dit William, le concierge de l'immeuble. J'ai là un monsieur du nom de Christian Miller qui vient vous rendre visite. Dois-je le laisser monter ?

Christian ? Il avait sans nul doute obtenu son adresse dans le fichier du personnel, mais, après la façon dont ils s'étaient séparés, que diable pouvait-il venir faire ici ? S'excuser ? Lui rendre la cravate qu'il n'avait nullement l'intention de porter ?

— Mademoiselle Creighton ? insista William comme elle ne répondait pas.

— Heu… oui, bien sûr. Faites-le monter.

Elle raccrocha. Que devait-elle faire en premier ? Elle n'avait qu'une minute avant que Christian n'arrive.

Elle se précipita dans la cuisine et remit le pot de crème glacée dans le congélateur, puis se passa les doigts dans les cheveux, toujours humides de la douche, regrettant de ne pas avoir pris la peine de les sécher. Si seulement elle avait un peu plus de temps pour se préparer, aussi bien physiquement que mentalement, avant que Christian ne surgisse.

Hélas, il n'en était rien. On sonna à la porte, et elle se précipita dans le couloir, ses hauts talons cliquetant sur le marbre. Elle devait avoir l'air ridicule avec ce pantalon de pyjama à l'imprimé naïf, son petit top à bretelles assorti et ses talons hauts, mais elle n'avait vraiment pas le temps de se changer, ou de perdre une seconde à retirer ses escarpins.

La sonnerie retentit de nouveau, suivie par quelques coups impatients frappés à sa porte. Elle se hâta d'ouvrir le battant, et fit face à l'homme qui l'avait rejetée, quelques heures plus tôt.

Sur le seuil, Christian, toujours aussi incroyablement sexy, avec ses cheveux sombres et ses grands yeux bleus, la détaillait des pieds à la tête, visiblement surpris par son pyjama. Il était vêtu d'un jean moulant et d'un T-shirt bleu pâle, et elle remarqua qu'il portait autour du cou la cravate qu'elle lui avait offerte. C'était plutôt inattendu, vu sa tenue.

Et que diable venait-il faire chez elle ?

— Puis-je entrer ?

Elle s'effaça pour le laisser passer.

— Oui, bien sûr.

Il se dirigea vers le salon et elle le suivit, ses talons cliquetant de nouveau sur le marbre. Décidément, ils portaient tous deux des tenues incongrues.

Christian admira la vue depuis son appartement, puis se tourna vers elle.

— C'est un très bel endroit.

— Merci.

Mais il n'était certainement pas venu ici en pleine nuit pour échanger des banalités, songea-t-elle. Alors autant aller droit au but.

— Christian... Qu'est-ce que vous faites ici ?

— Je porte la cravate que vous m'avez offerte.

— Je vois ça.

Mais pourquoi la portait-il ? Pour la taquiner, sans aucun doute.

— Je suis ravie qu'elle vous plaise, mais je ne comprends toujours pas pourquoi vous êtes là.

Christian esquissa un sourire taquin, tout en s'approchant d'elle.

— Je suis venu chercher la seconde partie de mon cadeau de Noël.

Son cadeau de Noël ? Etait-il possible que...

Tendant la main vers elle, Christian saisit l'une des

fines bretelles de son top, et joua quelques instants avec. Aussitôt, les pointes de ses seins durcirent, lui révélant à quel point elle le désirait.

Il plongea son regard dans le sien.

— Si mes souvenirs sont bons, le message que tu m'as écrit me proposait de devenir ton amant et d'utiliser cette cravate pour que tu puisses m'attacher et te laisser aller à tous tes fantasmes. C'est pour cela que je suis ici, Amanda.

Désirée choisit cet instant pour faire une brève apparition sur son épaule gauche.

Ooooh ! Lui, au moins, il sait ce qu'il veut !

— Tu es sérieux ? demanda Amanda dans un souffle.

Pour toute réponse, Christian posa ses mains sur ses hanches et s'approcha encore plus près, la forçant à reculer jusqu'au mur, contre lequel il la plaqua. Aussitôt, elle sentit la force de son désir dans son bas-ventre.

— A présent que tu connais ma réponse, dis-moi si toi tu étais sérieuse en écrivant ce message, ou bien n'était-ce qu'une plaisanterie, comme tu l'as prétendu tout à l'heure ?

— Non, ce n'était pas une plaisanterie, chuchota-t-elle.

Du bout des doigts, il lui caressa le cou.

— Pourquoi m'as-tu écrit ce message, Amanda ?

— Parce que tu m'as toujours plu, avoua-t-elle, et que j'ai eu envie de faire quelque chose d'audacieux pour attirer ton attention.

— Tu n'avais pas besoin d'écrire ce message ou de m'offrir cette cravate pour cela, répondit-il, parce que je t'avais déjà remarquée.

Cherchait-il à s'amuser avec elle ?

— Pourtant, je ne suis pas ton type de femme…

— A une certaine époque, peut-être pas, mais à présent, si. Je ne fais que penser à toi et à ton mystérieux message, lui chuchota-t-il à l'oreille. J'ai tellement envie de toi, Amanda. Tu me rends fou.

— Et les regrets dont tu parlais cet après-midi. Qu'en est-il à présent ?

Elle n'avait aucune envie qu'il s'interrompe, mais, plus que tout, elle ne voulait pas qu'il la rejette une seconde fois. Alors si ça devait se finir par des excuses embarrassées, autant que cela s'arrête avant même d'avoir commencé.

Il plongea son regard dans le sien et elle y lut un désir si intense qu'elle en eut le souffle coupé.

— Je sais déjà que je n'aurai aucun regret, dit-il en se plaquant de plus belle contre elle. Il n'y aura que du plaisir partagé, et je te promets que tout ce que nous ferons ce week-end restera strictement entre nous. Ceci dit, c'est à toi qu'appartient la décision.

Il ne lui faisait aucune promesse, et elle savait qu'il n'y avait rien d'autre à attendre de lui. Rien d'autre qu'un immense désir mutuel à combler, et après toutes ces années à se comporter aussi raisonnablement qu'on l'avait toujours attendu d'elle, elle était prête à se libérer de ses chaînes et à plonger avec lui dans cette aventure torride, sans aucune culpabilité.

Du bout des doigts, elle effleura la cravate, excitée à l'idée de pouvoir mettre en scène ses fantasmes avec lui.

— Je suis tout à fait d'accord, répondit-elle dans un souffle, avant qu'il ne se penche pour l'embrasser avec passion.

Enfin! s'exclama Désirée. *Il était plus que temps qu'une telle aventure t'arrive, ma belle!*

Et, pour une fois, Amanda était bien d'accord avec elle !

Christian caressa son visage, ses mains descendirent dans son cou, puis sur les fines bretelles de son top qu'il fit glisser sur ses épaules. Le top glissa à son tour, et elle sentit l'air frais effleurer sa peau nue, la faisant frissonner. Aussitôt, Christian posa sa paume chaude sur un de ses seins, dont il titilla la pointe sensible entre ses doigts. Son téton durcit de plus belle, et tout en continuant à l'embrasser, Christian poussa un grognement de plaisir.

Elle se cambra contre lui, frottant ses hanches contre les siennes et, semblant comprendre l'urgence de son désir, il glissa une main à l'intérieur de son pantalon de pyjama. Ses longs doigts habiles effleurèrent son ventre, puis se hasardèrent jusqu'à ses cuisses, et enfin, enfin, se faufilèrent sous sa petite culotte de soie, déjà humide.

Christian interrompit leur baiser, et enfouit son visage dans son cou.

— Tu es si douce, dit-il le souffle court, si chaude, et déjà toute moite de désir.

Ces quelques paroles érotiques la firent fondre sur-le-champ.

Il la caressa d'abord avec une infinie douceur, puis glissa un doigt en elle tout en continuant à effleurer son clitoris. Et comme si ses caresses expertes n'étaient pas suffisantes pour lui faire perdre contrôle, il prit l'un de ses seins entre ses lèvres et commença à le lécher et en sucer la pointe.

Ses mains et sa bouche la rendaient folle. Elle ferma les yeux, enfouit ses doigts dans ses cheveux drus et renversa la tête en arrière, prête à lui abandonner son corps, et peut-être même aussi une part de son cœur et de son âme.

Une fois que tu auras franchi cette limite, les choses ne pourront que devenir plus compliquées entre vous : tu es certaine que c'est ce que tu veux ?

Amanda ouvrit les yeux. Etait-ce la voix d'Angie qu'elle venait d'entendre ? Alors qu'elle était sur le point de faire l'amour avec Christian ? Faites que son ange gardien la laisse tranquille !

Chuuuut ! Ce n'est vraiment pas le moment de la perturber !

Là, c'était Désirée qui venait de s'exprimer, confirmant à Amanda que le duo de sa conscience était de retour.

Angie redressa le menton.

Il faut bien que quelqu'un essaie de garder un peu de raison, avant que…

Qu'est-ce qu'il y a ? Amanda n'a pas le droit d'avoir un orgasme ? l'interrompit Désirée d'un ton sarcastique.

Bon sang, elle en avait assez de ces deux-là ! Tout ce que voulait Amanda c'était continuer à s'abandonner aux caresses de Christian.

— Oh, ça suffit ! s'exclama-t-elle. Assez !

Soudain, il n'y eut plus que le silence autour d'elle. Même Christian s'était figé.

Oh, mon Dieu ! Avait-elle crié à voix haute ? Avec lenteur, Christian releva la tête, et chercha son regard.

— Tu veux que je m'arrête ? demanda-t-il d'une voix stupéfaite.

Non, c'était bien la dernière chose qu'elle souhaitait.

— Pardon, ce n'est pas à toi que je parlais, répondit-elle.

Aussitôt, elle se maudit. Il allait la prendre pour une folle ! Alors, vu qu'il n'y avait de toute façon aucune explication possible à ce qui venait de se passer, elle préféra saisir sa cravate et l'attirer à elle pour qu'il continue ce qu'il avait si bien commencé.

Et juste au cas où il aurait eu quelques doutes, elle décida de lui murmurer quelques mots coquins à l'oreille.

— Fais-moi jouir, Christian.

Christian reprit là où il en était resté, comme s'il n'avait pas été interrompu. Du bout de la langue, il taquina son téton, tandis qu'un peu plus bas, il caressait son sexe avec une langueur extrême, introduisant peu à peu ses doigts en elle.

Ses caresses étaient une exquise torture, et l'orgasme monta en elle, se faisant de plus en plus puissant, jusqu'au moment où il déferla comme un véritable ouragan.

Lorsque l'immense vague de plaisir reflua et qu'elle eut peu à peu repris ses esprits, Christian remit ses vêtements en ordre, tout en déposant maints baisers tendres dans son cou.

— Mais… et toi ? demanda-t-elle d'un air incrédule. Tu n'as pas…

Il la fixa intensément, avant de dire d'une voix rauque :

— J'ai envie de te faire l'amour, Amanda. J'ai envie de découvrir cette femme sexy et désinhibée qui m'a écrit un message si provocant et m'a promis de me ligoter pour mettre en scène tous ses fantasmes. Tu n'as qu'un mot à dire, un simple oui, si tu veux que nous allions plus loin.

Enfiévrée par la puissance du désir qu'il éprouvait pour elle, et ravie de pouvoir le charmer par son audace, elle n'eut pas besoin de réfléchir longtemps à sa réponse.

— Oui, dit-elle en lui prenant la main pour l'entraîner jusqu'à sa chambre.

4

Alors qu'Amanda allumait sa lampe de chevet, Christian en profita pour jeter un coup d'œil à sa chambre. Le décor révélait la délicate féminité d'Amanda que, en temps ordinaire, elle cachait toujours sous une apparence austère. La pièce spacieuse était ravissante. De moelleux oreillers et un édredon au délicat motif fleuri, ivoire et lavande, assorti aux doubles rideaux, garnissaient le lit. Le cadre de lit en fer ancien aux ravissants enjolivements en spirales était une charmante pièce d'antiquité, tout comme l'élégant mobilier.

Tandis qu'il continuait à examiner la pièce, une photo accrochée au mur, représentant un homme, une femme et une enfant, attira son attention. C'était un cliché ancien, qui représentait Douglas Creighton jeune, une femme qu'il supposa être la mère d'Amanda, et une petite fille qui avait les mêmes traits que la magnifique jeune femme qu'Amanda était devenue. C'était un portrait de famille qui avait été pris bien des années plus tôt, et il se rendit soudain compte qu'il ignorait quasiment tout d'Amanda en dehors du bureau, mis à part le fait qu'elle était fille unique.

Et, soudain, il sut qu'il voulait apprendre à la connaître mieux. Oui, il voulait tout découvrir sur sa famille, son passé, son enfance. Savoir comment elle envisageait son avenir.

Comment diable en était-il arrivé là ? Pourquoi s'intéressait-il autant à elle malgré les éventuelles complications qui ne manqueraient pas de surgir en ayant une liaison avec la fille de son patron ?

Pourtant, même en considérant ce qui était en jeu, il était incapable de renoncer à cette nuit de délices avec elle.

Toutes ses pensées s'évanouirent lorsqu'il vit Amanda s'approcher de lui, un sourire gourmand aux lèvres. Comment pourrait-il résister à cette petite diablesse sexy qui lui avait offert un cadeau de Noël aussi envoûtant ? Une femme qui le désirait à l'évidence autant qu'il avait envie d'elle.

Amanda s'arrêta juste devant lui, et tendit la main vers sa cravate, dont elle défit le nœud.

— Je crois que je vais avoir besoin de cet accessoire d'ici peu de temps, murmura-t-elle d'une voix rauque, en jetant la cravate sur le lit.

Puis elle retira sa chemise de son pantalon et la

lui fit passer par-dessus tête, avant de poser les mains sur son torse et de les faire descendre avec langueur jusqu'à la ceinture de son jean. Cependant, avant qu'elle ne puisse en dégrafer la boucle, il attrapa ses mains et les écarta, sachant que, si elle continuait ainsi, il serait incapable de résister bien longtemps.

— Attends un peu, dit-il en s'attaquant à son pantalon de pyjama, qu'il fit descendre sur ses hanches, puis le long de ses cuisses.

Lorsqu'elle voulut le retirer complètement, son pantalon s'accrocha dans l'un de ses talons.

— Je crois que je vais devoir retirer mes chaussures, dit-elle.

Ça, c'était bien la dernière chose qu'il souhaitait. Pour l'instant, il préférait qu'elle garde ses hauts talons.

— Attends, je vais t'aider, proposa-t-il en s'agenouillant devant elle.

Une fois fait, il se releva, effleurant du bout des doigts ses longues jambes, ses hanches puis sa taille, avant de se redresser complètement. C'était si excitant de voir Amanda quasiment nue devant lui, ses cheveux ébouriffés, ne portant rien d'autre que son top à fines bretelles, sa petite culotte de soie et ses incroyables escarpins aux talons vertigineux. Dire qu'au bureau elle était toujours vêtue de façon si austère !

— Je crois que tu as oublié de retirer mes chaussures, Christian… N'était-ce pas pour ça que tu t'es agenouillé devant moi ?

Il lui sourit d'un air malicieux. Il y avait bien d'autres choses, très coquines, qu'il aurait pu faire alors qu'il était agenouillé devant elle.

— Sois patiente, ma belle.

S'asseyant sur le lit, il désigna le matelas entre ses jambes écartées.

— Mets ton pied ici, je vais m'occuper de ces chaussures.

Amanda obtempéra et posa son pied droit là où il le lui indiquait. Alors qu'il dégrafait la boucle de sa lanière, il remarqua que ses orteils étaient vernis d'un rouge aussi ardent que celui de ses escarpins. Décidément, elle ne cessait de le surprendre.

— Alors, dis-moi, pourquoi est-ce que tu portes des chaussures aussi habillées avec ton pyjama ?

— Je viens juste de les acheter, et j'étais en train de les essayer lorsque tu es arrivé.

Il lui effleura le mollet.

— Je les aime beaucoup, elles font paraître tes jambes encore plus longues et plus sexy qu'elles ne le sont déjà.

Elle frémit sous sa caresse, et les pointes de ses seins durcirent aussitôt. L'ayant débarrassée de ses escarpins, il se leva et l'enlaça.

C'était si bon de la tenir ainsi ! Jamais une femme ne l'avait troublé autant.

Amanda s'écarta légèrement, et, renversant la tête en arrière, le regarda, les yeux lourds de désir.

— Il est peut-être temps que je fasse bon usage du cadeau que je t'ai offert, tu ne crois pas ?

— Oh, si ! D'ailleurs, j'ai apporté le nécessaire, dit-il en sortant un paquet d'une douzaine de préservatifs de sa poche.

Amanda eut un sourire amusé.

— Je vois que tu es plutôt sûr de toi, vu le nombre de préservatifs que contient cette boîte.

Christian haussa les épaules.

— Que veux-tu, l'homme vit d'espoir.

Avec un petit rire, elle lui prit le paquet des mains, et le jeta sur l'oreiller, à côté de la cravate. Puis, elle posa une main sur son torse, et le poussa jusqu'à ce qu'il se retrouve assis sur le lit.

— Allonge-toi ! ordonna-t-elle en se penchant pour attraper la cravate sur l'oreiller.

Installé au milieu du lit, comme elle le lui avait demandé, il l'observa tandis qu'elle grimpait à genoux sur le lit, pour lui retirer ses chaussures et ses chaussettes avant de monter s'attaquer à sa braguette. Elle le caressa à travers son jean, avant de le lui ôter. Contemplant son sexe durci, elle se passa la langue sur les lèvres. Déjà, il imaginait cette bouche sur lui, prenant son sexe, le suçant et le léchant jusqu'à le rendre fou. Hélas, elle n'y prêta pas plus d'attention et remonta encore vers lui, avant de venir s'asseoir sur son torse, si près de son visage qu'il percevait la senteur musquée de son désir.

Comme il était tenté de l'attraper par les cuisses et de l'attirer encore plus près, afin de pouvoir lui donner du plaisir avec sa bouche, sa langue, et la faire jouir de nouveau !

Frustré qu'elle porte encore son top et sa petite culotte alors qu'il était nu, il leva les yeux vers elle.

— Ce n'est pas juste que tu sois encore habillée.

— Je ne le suis qu'à moitié, le corrigea-t-elle en attrapant la cravate sur l'oreiller. Ne t'inquiète pas, je serai bientôt aussi nue que toi.

— J'en meurs d'impatience.

Amanda se pencha en avant pour attacher ses poignets ensemble, puis accrocha la cravate à l'un des barreaux du lit. Ses seins effleuraient son visage, et il en profita pour mordiller l'un de ses tétons à travers son top.

— Hé ! Tu n'as pas le droit de bouger. Tu mérites une punition.

— Je n'attends que cela ! répliqua-t-il en souriant.

Elle attrapa l'un des préservatifs, mais au lieu de le déballer aussitôt, elle s'assit sur son sexe. Sa petite culotte était trempée. Elle allait le rendre fou !

Elle se pencha en avant pour l'embrasser avec avidité,

puis déposa des baisers dans son cou, le long de sa gorge, et sur son torse, tout en le caressant. Il poussa un soupir lorsque, du bout de la langue, ellc taquina l'un de ses mamelons, puis sa bouche descendit le long de son ventre, et bientôt, elle s'agenouilla entre ses jambes.

Dès qu'il sentit la pointe de sa langue sur son sexe, il frémit de tout son corps. Alors, elle le prit tout entier dans sa bouche, et il crut qu'il allait perdre la raison. Ses longs cheveux de soie effleuraient ses cuisses, accroissant son désir, et, à l'instant où il crut qu'il n'allait plus pouvoir résister, Amanda s'écarta de lui et déchira entre ses dents le petit sachet du préservatif.

Lorsqu'elle eut déroulé le fin latex sur son sexe, elle retira son top, puis sa petite culotte. Enfin, nue dans toute sa splendeur, elle s'assit à califourchon sur lui, prit son sexe dans sa main et le glissa à l'intérieur d'elle avec une langueur extrême, prolongeant ce moment magique, jusqu'à ce qu'il se retrouve enfoui au fond d'elle. Alors, elle commença à se déhancher, puis accéléra la cadence, augmentant leur plaisir. Chaque fois qu'elle se cambrait, il la pénétrait un peu plus.

D'instinct, il voulut tendre les mains pour caresser ses seins, son ventre, ses cuisses, mais les liens qui l'en empêchaient lui rappelaient qu'il n'était que l'esclave de son désir.

Mon Dieu, comme il aurait voulu pouvoir la caresser !

Il le ferait, la prochaine fois, parce que, oui, il savait déjà qu'ils feraient de nouveau l'amour, car coucher avec elle une seule fois ne serait pas suffisant. Il voulait lui faire subir mille et un délices et l'entendre gémir de plaisir, encore et encore.

Ceci dit, il se rendait compte qu'il n'avait guère besoin de toucher Amanda. Elle savait exactement ce qu'elle voulait obtenir de lui, quel mouvement l'excitait le plus, et elle menait leurs ébats avec une audace qui le stupéfiait. C'était déjà extrêmement excitant de la voir ainsi, et lorsqu'il comprit que l'orgasme déferlait en elle, il s'abandonna au sien.

Quelques instants plus tard, le souffle court et la peau moite, Amanda se laissa tomber sur lui, et enfouit son visage dans son cou. Elle poussa un petit soupir, et il songea que cette femme incroyable qu'il connaissait à peine savait exactement comment lui donner du plaisir et lui faire perdre la tête, comme son mystérieux message l'avait suggéré.

Il sourit. Cette nuit avec Amanda était de loin le plus beau cadeau de Noël de toute sa vie.

Christian se tourna sur le côté et tendit le bras en travers du lit, mais se rendit compte qu'il était seul. Amanda avait déjà quitté le lit, ne laissant derrière elle que sa délicieuse senteur féminine, qui l'excita aussitôt.

Un rapide coup d'œil au réveil sur la table de nuit

lui indiqua qu'il était presque huit heures et demie en ce samedi matin, et son corps fourbu lui rappela les délices de la nuit. Une nuit qui avait donné à sa vie une direction à laquelle il n'aurait jamais songé.

Il roula sur le dos, s'étira, et sourit, alors que les souvenirs érotiques de la nuit flottaient à son esprit. Qui aurait cru que la si austère Amanda Creighton pouvait se montrer aussi audacieuse en privé ? Qui aurait cru qu'il aurait envie d'entretenir plus qu'une simple aventure avec elle ?

C'était incroyable, mais vrai. Certes, il avait toujours été attiré par elle, et ils venaient de passer une nuit fabuleuse, mais il y avait tant de choses en elle qui l'intriguaient, tant de contradictions qui lui donnaient envie de la connaître mieux. Ce qui n'était pas forcément très intelligent, si l'on songeait qu'elle était la fille de son directeur, et qu'il avait travaillé dur pour obtenir cette promotion tant convoitée que Douglas Creighton avait le pouvoir de lui offrir… ou de lui refuser à jamais.

Pourtant, malgré tout ça, il n'avait pas l'intention que les choses en restent là, avec Amanda. D'ailleurs, autant se lever afin qu'ils puissent passer la journée ensemble. En tout cas, si elle n'avait rien d'autre de prévu.

Il entendit du bruit à l'autre bout de l'appartement, et supposa qu'elle devait se trouver dans la cuisine.

Parfait. Cela lui laissait le temps de prendre une douche rapide. Alors qu'il traversait la chambre, il remarqua une porte ouverte et crut qu'il s'agissait d'un placard. C'était en fait un vaste dressing. Curieux, il en examina le contenu, et ne put réprimer un sourire en constatant que les nombreux vêtements étaient tous rangés en ordre parfait, et classés par catégories : pantalons, chemisiers, robes, puis par couleur. Il y avait aussi des tiroirs et des boîtes remplies de sacs à main, de ceintures, et des chaussures de style classique comme celles qu'elle portait au bureau. Mais ce qui attira le plus son attention fut une gigantesque étagère qui montait jusqu'au plafond et qui contenait des dizaines de paires d'escarpins et de sandales à hauts talons, toutes plus sexy les unes que les autres.

Du genre de celles qu'elle portait la veille avec son pyjama.

— Eh bien ! s'exclama-t-il d'un ton amusé.

Amanda était-elle fétichiste ? Quand portait-elle ces fabuleux souliers ?

Cette facette secrète d'Amanda ne faisait qu'ajouter un peu plus de mystère à sa personnalité.

Il se dirigea ensuite vers sa salle de bains et remarqua qu'Amanda avait eu la délicate attention de lui laisser une brosse à dents neuve à côté du lavabo. Il prit une douche rapide, puis s'habilla, et, guidé par la délicieuse odeur de café, se dirigea vers la cuisine.

Amanda ne l'avait pas entendu arriver, et il s'arrêta à l'entrée de la pièce durant quelques instants pour l'observer. Elle se tenait debout devant la cuisinière, et, ce matin, portait un sweat-shirt rose à manches longues, et un jean qui moulait ses courbes à la perfection. Par contre, à sa grande déception, au lieu d'une ravissante paire de sandales sexy, ses pieds étaient chaussés de simples mules en cuir.

Il allait devoir changer cela.

Il l'entendit parler, et crut qu'elle s'adressait à lui, mais alors qu'il relevait la tête, il se rendit compte qu'elle était en train de beurrer des tartines, mais n'avait toujours pas pris conscience de sa présence. Apparemment, elle parlait seule, et ce n'était pas la première fois qu'il la surprenait ainsi.

— Oui, oui, je sais, disait Amanda en poussant un soupir. Je dois avouer que c'était la nuit la plus fabuleuse que j'ai jamais passée.

Il sourit, ravi de sa remarque. Pour lui aussi, c'était la nuit la plus extraordinaire de sa vie.

— Idem, dit-il.

Stupéfaite, Amanda se retourna.

— J'ignorais que tu étais déjà sorti de la douche !

Il s'approcha d'elle.

— J'aurais pu y rester plus longtemps, si tu m'avais rejoint.

Elle s'empourpra et il se pencha vers elle pour déposer un langoureux baiser sur ses lèvres.

— Bonjour, beauté.

— Bonjour. Tu veux du café ?

— Volontiers. Ça sent très bon, ici.

— Je t'ai préparé une omelette. J'espère que tu aimes ça.

— Mmm, je m'en régale d'avance. Je suis affamé.

Il but une gorgée de café, puis la contempla.

— Alors, comme cela, tu parles souvent toute seule ?

Elle se crispa, puis haussa les épaules, ne cherchant visiblement pas à nier son curieux penchant.

— Cela fait partie de mes habitudes, dit-elle avant de se diriger vers le frigo où elle prit un pichet de jus d'orange.

C'était une manie curieuse, et plutôt touchante, mais vu que le sujet avait l'air de l'embarrasser, il en amena un autre, tout aussi curieux.

— Au fait, tu sais, ces chaussures que tu portais hier soir ?

— Oui.

— Eh bien, je n'ai pas pu m'empêcher de remarquer que tu en avais toute une collection, dans ton placard.

Elle fronça les sourcils, semblant lui demander ce qu'il était allé faire dans son dressing, mais il était hors de question qu'il la laisse détourner la conversation.

— Comment se fait-il que tu ne les portes jamais pour travailler ? insista-t-il.

— Elles ne sont pas très appropriées pour le bureau, répondit-elle en leur servant du jus d'orange.

— Pourquoi pas ?

— Parce que ce n'est pas vraiment l'image que j'ai envie de donner de moi à mes collègues.

Pourtant, il ne pouvait s'empêcher de penser qu'elle avait des raisons plus profondes que cela.

— Et puis, ajouta-t-elle, c'est plus une distraction qu'autre chose.

— Tu en fais collection ? demanda-t-il d'un air incrédule.

— Que veux-tu, nous avons tous nos défauts.

Peut-être, mais les siens étaient plutôt excentriques. Qui pouvait dépenser des centaines de dollars dans des chaussures qui restaient enfermées dans un placard ?

— Tu sais, tu devrais vraiment les porter de temps en temps, dit-il en lui effleurant la joue. Ces chaussures semblent avoir le pouvoir magique de te transformer. On dirait qu'en les portant, tu te sens beaucoup plus sûre de toi, beaucoup plus sexy.

Amanda eut un petit rire.

— Je crois surtout que je choquerais tout le monde en les portant, surtout mon père. J'imagine déjà sa tête si j'arrivais au bureau avec de tels talons.

Oh, mon Dieu ! Son père ! Comment se comportait-il

avec elle en dehors du bureau ? Etait-il un père strict ? Ou bien la réserve naturelle d'Amanda n'était-elle due qu'à sa propre personnalité ?

— Peut-être que le premier jour certains seraient surpris de te voir avec, oui, acquiesça-t-il, mais honnêtement, qui s'en soucie ? Pourquoi ne pas les porter si tu te sens bien avec ?

Elle prit une bouchée d'omelette et lui sourit.

— Ne t'inquiète pas pour ces chaussures, je les porte de temps à autre.

— Oui, en privé, chez toi. Mon Dieu, quelle rebelle, Amanda !

Elle lui fit une grimace, mais ne répondit pas à sa remarque, préférant changer de sujet, ce en quoi elle semblait très douée.

— Alors, qu'est-ce que tu fais durant les vacances ? demanda-t-elle d'un ton léger.

— J'ai l'intention de prendre ma voiture demain après-midi pour aller jusque chez mes parents, à Boston.

— Tu n'y vas pas en avion ?

— Non, ce n'est qu'à trois heures de route, et j'ai tout mon temps. Toute ma famille sera là-bas pour le réveillon et nous ouvrirons nos cadeaux ensemble, le matin de Noël, au pied du sapin. Et toi, qu'est-ce que tu fais ?

— Je vais passer Noël avec mon père et son épouse, ainsi que quelques amis. Rien de très excitant.

L'épouse de son père ? Douglas Creighton s'était donc remarié.

— Et ta mère ? Il t'arrive de passer du temps avec elle ?

Amanda s'essuya la bouche, et il vit une pointe de tristesse passer dans ses yeux.

— En fait, elle est décédée il y a très longtemps.

— Je suis désolé. Est-ce que c'est la femme que j'ai vue sur la photo dans ta chambre ?

— Tu as remarqué cette photo ?

— Oui, mais seulement pour un bref instant, étant donné qu'ensuite tu t'es activée à me distraire, répondit-il en lui faisant un clin d'œil.

Sa remarque la fit rire, puis elle se reprit.

— Oui, c'est ma mère, répondit-elle en remettant une mèche de cheveux en place derrière son oreille. Je n'avais que douze ans lorsqu'elle est décédée, mais elle me manque parfois, surtout à cette époque de l'année.

Il avait du mal à imaginer ce qu'elle pouvait éprouver, étant donné que ses deux parents étaient toujours en vie, et qu'il avait assez de frères et sœurs pour que les réunions familiales soient toujours très chaleureuses. Soudain, l'idée qu'elle reste seule lui fut insupportable, et il décida de passer avec elle tout le temps qu'il lui restait avant de partir à Boston.

— Qu'est-ce que tu as prévu de faire aujourd'hui ? demanda-t-il.

— Rien de spécial.

— Tu n'as pas de derniers achats de Noël à faire ?

— Non, tout est déjà acheté et empaqueté.

— Pourquoi ne suis-je pas surpris ? plaisanta-t-il, certain qu'elle avait dû terminer toutes ses emplettes depuis un mois déjà. Pour ma part, je suis plutôt du genre achats de dernière minute, et je suis sûr que tu pourrais m'aider à choisir des cadeaux pour mes sœurs et mes nièces. Tu veux bien te joindre à moi ?

Elle le regarda comme s'il était devenu fou.

— Tu es dingue ? Nous ne sommes qu'à deux jours de Noël et les magasins vont être bondés !

— Peut-être, mais qui peut prétendre savoir ce qu'est Noël s'il n'a pas connu la frénésie des achats de dernière minute ?

Elle éclata de rire.

— Cette fois, c'est décidé, tu es vraiment dingue. Mais après tout, pourquoi pas ? O.K., je t'accompagne.

— Parfait. Cependant, il y a une condition.

— Quelle condition ? demanda-t-elle d'un air intrigué.

Il prit son temps pour boire une longue gorgée de café.

— Je veux que tu portes une de ces fabuleuses paires de chaussures qui sommeillent dans ton placard.

— Tu plaisantes ? Au cas où tu ne l'aurais pas remarqué, nous sommes au beau de milieu de l'hiver, et il fait un froid de canard.

Cette fois, pas question de la laisser se défiler.

— Peut-être, mais parmi toutes ces sublimes sandales, j'ai remarqué quelques paires de bottes à hauts talons, et je suis sûr qu'elles seront parfaites. Et puis, il faut savoir vivre dangereusement, miss Creighton.

Amanda poussa un profond soupir d'exaspération, aussitôt démenti par le sourire qui étira ses lèvres.

— D'accord, tu as gagné.

5

Après une longue et divertissante journée passée à arpenter la majorité des grands magasins de Manhattan, Amanda était épuisée. Néanmoins, elle s'était bien amusée à aider Christian à choisir des cadeaux pour les femmes de sa famille.

Une fois qu'il eut biffé le dernier nom sur sa liste, il l'emmena dîner dans un restaurant italien, puis réussit à la persuader de l'accompagner chez lui pour emballer la douzaine de cadeaux et de jouets qu'il avait achetés.

A présent, ils étaient assis au beau milieu de son salon. Le sol était jonché de rouleaux de papier cadeau et de rubans multicolores. Devant le peu de talent de Christian pour emballer joliment les cadeaux, il avait été décidé qu'il se cantonnerait à ceux des enfants, tandis qu'Amanda s'occuperait des paquets pour les adultes.

— Tes emballages sont beaucoup plus élégants que les miens, reconnut-il. Heureusement que les enfants ne verront pas la différence. Merci encore.

Il se pencha vers elle pour lui exprimer sa gratitude en l'embrassant.

— Tout le plaisir était pour moi, murmura Amanda lorsqu'il interrompit leur baiser.

Elle ne mentait pas. Chaque année, elle n'avait que peu de cadeaux à emballer, alors qu'elle adorait choisir les papiers d'emballage, les rubans, et tous les petits artifices pour embellir un paquet.

Durant leur tournée de shopping, puis, plus tard, au dîner, Christian lui avait raconté maints souvenirs, évoquant ses deux sœurs aînées et son plus jeune frère, ainsi que ses neveux et nièces qu'il avait l'air d'adorer.

— C'est vrai que tu as une grande famille, renchérit-elle en contemplant la masse de cadeaux qu'ils avaient achetés et emballés. Ça doit être la folie chez tes parents, le jour de Noël.

— C'est vrai, mais on s'amuse bien !

— Tu as de la chance d'avoir une si grande famille.

— Crois-moi, ce n'est pas ce que je disais lorsque j'étais adolescent et que je devais me battre avec mes sœurs et mon frère pour avoir accès à la salle de bains, chaque matin avant d'aller à l'école.

— Au moins, tu n'étais pas seul.

Elle avait été si solitaire durant tant d'années !

Christian fouilla dans le sac de l'un des grands magasins et en retira une boîte argentée décorée d'un ruban de satin assorti.

— Oh ! Regarde ce que je viens de trouver, s'exclama-t-il, l'air surpris. Un autre cadeau.

Amanda jeta un coup d'œil à la boîte, incapable de se souvenir à quel moment ils avaient acheté ce présent.

— Tu as de la chance, il est déjà emballé, et avec élégance, fit-elle remarquer.

— Ça, c'est grâce à l'employé de chez Sak's, répondit-il en lui tendant la boîte. Tiens, c'est pour toi.

— Pour moi ?

C'était bien la dernière chose à laquelle elle s'attendait.

— Mais, comment as-tu fait pour l'acheter sans que je m'en rende compte ?

Il haussa les épaules.

— Peut-être pendant que tu testais des parfums pour ma sœur.

Elle effleura le ruban de satin, secrètement ravie que Christian ait pensé à elle.

— Merci, mais tu n'avais pas besoin de me faire un cadeau.

— Ça m'a fait plaisir, et de toute façon, je n'ai pas pu m'en empêcher, répondit-il avec un clin d'œil. Vas-y, ouvre-le !

Incapable de résister à la curiosité qui s'était emparée d'elle, elle défit le nœud délicat, et retira le ruban. Puis, après avoir soulevé le couvercle et dégagé le papier de soie, elle poussa un petit cri de surprise en découvrant une étoffe soyeuse, ravissante mosaïque aux coloris de pierres précieuses. Des tons de pourpre, de rose, de bleu et de vert se mêlaient en un dessin abstrait aux couleurs chatoyantes qui lui plurent aussitôt.

Prenant le luxueux tissu entre ses mains, elle comprit qu'il s'agissait d'une étole de soie, très coûteuse, griffée Emilio Pucci.

Christian avait un goût parfait, mais il avait dû dépenser une véritable petite fortune !

— Elle est magnifique, dit-elle d'une voix lourde d'émotion.

Christian tendit la main vers elle et lui caressa les lèvres.

— Lorsque je l'ai vue, cette étole m'a tout de suite évoqué les magnifiques sandales et escarpins qui dorment dans ton placard. Tu es faite pour porter des tenues sensuelles, Amanda.

Elle tint la fine écharpe serrée sur son cœur.

— Je l'adore. Merci encore.

Elle était touchée au plus profond de son être, parce que personne ne lui avait jamais offert un présent aussi personnel. Christian n'avait passé qu'une seule journée en sa compagnie, mais en choisissant ce cadeau pour elle, il était évident qu'il avait bien mieux saisi sa personnalité que son propre père ou nombre de ses amies. Oui, il avait compris que derrière sa façade stricte se cachait une femme qui mourait d'envie d'avoir suffisamment confiance en elle pour porter ces magnifiques chaussures de créateurs qui dormaient dans son placard, ou une écharpe aux tons aussi chatoyants que celle-ci.

Qui sait, peut-être pourrait-elle un jour devenir cette femme épanouie ?

Submergée par les sentiments qu'elle éprouvait pour cet homme, elle leva la tête vers lui pour lui montrer à quel point elle lui était reconnaissante de ce qu'il lui avait offert durant ce week-end. Pas juste une nuit coquine et du bon temps, et bien plus qu'une écharpe de soie. Oui, Christian était en train de l'aider à éveiller la facette sexy et audacieuse de sa personnalité, qui dormait depuis si longtemps en elle.

Désirée serait sûrement contente !

Elle posa ses lèvres sur celles de Christian et l'embrassa avec passion. Peu à peu, leur baiser se fit de plus en plus sauvage, à tel point qu'elle envisagea sérieusement de lui retirer tous ses vêtements et de lui faire l'amour là, au milieu de tous les paquets-cadeaux. Cependant, avant qu'elle ne puisse donner suite à ce plan, Christian la refréna.

— Tu sais, chuchota-t-il, je dois t'avouer que, lorsque j'ai vu cette écharpe, j'ai tout d'abord pensé à toutes les façons dont nous pourrions l'utiliser.

— Vraiment ? A t'entendre, on dirait que tu ne veux pas te contenter de l'utiliser comme un simple accessoire de mode.

— Tu as raison, répondit-il en riant.

— Tu vas m'attacher avec cette écharpe comme je l'ai fait avec ta cravate ?

— Gagné. Mais j'ai aussi tout un tas d'autres jeux en réserve. Tu veux savoir lesquels ?

Incapable de résister à une dernière nuit de plaisirs en sa compagnie, elle prit la main qu'il lui tendait et le laissa la conduire à sa chambre.

Amanda émergea de la douche de Christian, attrapa une épaisse serviette-éponge qu'elle enroula autour d'elle et noua entre ses seins.

Elle avait pris une bonne douche chaude pendant que Christian était sorti leur acheter des viennoiseries et deux gobelets de café pour le petit déjeuner. A présent, le miroir de la salle de bains était embué par la vapeur. Elle entrouvrit la porte pour laisser passer un peu d'air, et frotta le miroir d'une main afin de pouvoir se contempler. A sa grande surprise, elle remarqua Angie assise sur son épaule droite, l'air inquiet.

Mon Dieu, quel air tu as ! dit Angie d'un ton désapprobateur.

Amanda poussa un soupir tout en se démêlant

les cheveux. Depuis la veille, le duo qui lui tenait compagnie l'avait laissée tranquille, mais apparemment, les petits elfes de sa conscience étaient prêts à revenir la tourmenter.

Elle a juste l'air d'une femme qui vient de s'offrir une bonne partie de jambes en l'air, répliqua Désirée.

Ça, Amanda ne pouvait pas le nier !

— Oui, c'était plutôt torride, murmura-t-elle.

Christian s'était servi de l'étole de soie de diverses façons coquines, qu'elle n'aurait jamais osé imaginer, et, étant donné qu'il était aussi doué de ses mains que de sa bouche, elle avait vécu une nuit de rêve.

Il n'y a pas que cela ! rétorqua Angie. *J'ai bien peur qu'elle ne tombe amoureuse de lui.*

— Ce n'est pas le cas, répondit Amanda.

Pourtant, elle n'en était guère convaincue. Angie venait peut-être de toucher un point sensible.

Désirée se pencha en avant, contempla le reflet d'Amanda dans le miroir, et écarquilla soudain les yeux.

— *J'ai bien peur que, pour une fois, Angie n'ait raison.*

Amanda fronça les sourcils.

— Peut-être.

Hélas, les battements de son cœur lui révélaient qu'elle était déjà bien plus attachée à Christian qu'elle n'en avait eu l'intention. Oh oui, on pouvait dire qu'elle était sur le point de tomber amoureuse !

Pourtant, aussi merveilleuse qu'ait été leur aventure, elle savait qu'elle n'avait rien à en attendre.

— *Oh, Amanda*, dit Angie d'un ton qui se voulait consolateur. *Je suis vraiment désolée.*

— Ne t'inquiète pas pour moi ! Nous étions tous les deux d'accord pour que cette liaison n'aille pas au-delà du week-end.

La porte derrière elle s'entrouvrit, et, dans le miroir, elle vit Christian, qui se tenait là, toujours aussi sexy. Ce matin, il portait un sweat-shirt gris et un jean clair, et le vent avait ébouriffé ses cheveux. L'avait-il entendue ?

— Tu étais encore en train de parler toute seule ? demanda-t-il.

— Heu… Oui.

Il s'adossa au mur à côté de la porte.

— Tu sais, quand je te surprends ainsi, j'ai plutôt l'impression que tu parles à une autre personne.

Décidément, il l'avait percée à jour.

— En fait, tu n'as pas tort. Je parle à quelqu'un d'autre.

Elle ignorait ce qui la poussait à faire cette confession, mais après tout, cela faisait plusieurs fois qu'il la découvrait ainsi, et il devait commencer à se demander si elle n'était pas légèrement dérangée.

— J'imagine que tu parles à l'un de ces amis

imaginaires, comme nous en avons tous eu durant notre enfance ? suggéra-t-il.

— En fait, moi, j'ai deux amies imaginaires.

Elle s'attendit à ce qu'il éclate de rire, mais il n'en fit rien.

— Vraiment ? Pourquoi ne pas me les présenter ?

Jamais elle n'avait parlé à quiconque du petit duo, pas même à son père. Cependant, bien qu'ils se connaissent depuis peu, elle savait qu'elle pouvait faire confiance à Christian. Après tout, il avait déjà cerné sa personnalité, rien qu'en contemplant ses escarpins de luxe.

— Eh bien, il y a Angie, mon ange gardien, sur mon épaule droite, et, sur la gauche, Désirée, qui représente mon côté audacieux. Angie s'efforce toujours de m'aider à me comporter avec sagesse, tandis que Désirée essaie toujours de m'entraîner à être plus téméraire.

Cette fois, Christian se mit à rire.

— Je crois que je m'entendrais très bien avec Désirée.

Ça, elle n'en doutait pas !

— Mes deux amies veillent sur moi depuis mes douze ans, précisa-t-elle.

Christian la regarda avec tendresse.

— Depuis que ta mère est décédée ?

Elle était stupéfaite qu'il ait fait le lien aussi vite. Cela prouvait qu'il avait prêté grande attention à leur conversation de la veille.

— J'ai eu quelques années très difficiles après

le décès de ma mère, confirma-t-elle, d'autant plus qu'elle ne travaillait pas et restait toujours à la maison avec moi. Tout d'un coup, je me suis retrouvée dans une grande maison vide du matin au soir, jusqu'à ce que mon père rentre du travail. A cette époque, j'ai eu l'impression que je devais prendre de nombreuses décisions toute seule.

— Et c'est à ce moment-là qu'Angie et Désirée ont surgi ?

— Oui, et à dire vrai, Angie a souvent gagné la partie, parce que je n'ai jamais voulu donner à mon père des raisons d'être déçu par mon comportement.

— Je crois que ton père peut être très fier de la femme que tu es devenue, affirma Christian.

— Je l'espère, mais qui sait ce qui aurait pu m'arriver sans les conseils de mes deux amies ?

— Tu serais exactement la même que tu es aujourd'hui, une femme merveilleuse, très belle et très intelligente.

Christian s'approcha et posa ses mains sur sa taille.

— C'est toi, et toi seule, qui as toujours pris les bonnes décisions au fil des années, Amanda, mais, si cela te rassure de penser que ces petits elfes t'ont aidée, il n'y a pas de mal à cela.

Elle leva la main et lui caressa la joue.

— Merci, chuchota-t-elle.

Ses paroles la touchaient tant ! C'était comme si Christian avait compris à quel point elle s'était sentie vulnérable après le décès de sa mère, et soudain, elle eut la sensation d'être libérée d'un poids, et de devenir incroyablement forte. C'était un sentiment merveilleux, et elle ne le devait qu'à lui !

— Tu sais quoi ? demanda Christian, un petit sourire malicieux aux lèvres. Je suis plutôt d'accord avec Désirée. Tu as besoin d'être plus audacieuse.

Elle songea aux escarpins qu'il lui avait demandé de porter, et à tout ce qu'ils avaient fait avec la cravate et l'étole de soie, et ces souvenirs la firent rougir.

— Tu ne crois pas que je me suis assez aventurée en terrain audacieux, ce week-end ?

— Mmm, tu pourrais faire mieux.

— Oh, vraiment ? répondit-elle en frissonnant de plaisir anticipé, alors que les mains de Christian se glissaient sur ses cuisses nues.

Il fit remonter ses mains jusqu'à ses hanches, puis engloba ses fesses. Ce faisant, la serviette se dénoua et glissa, la laissant nue.

— Qu'est-ce que tu as en tête ? demanda-t-elle, le souffle court.

Question ridicule, étant donné que les lèvres de Christian s'aventuraient déjà vers sa poitrine.

Prenant ses fesses à pleines mains, il la haussa juste au bord du lavabo, plaquant son sexe dressé sous son pantalon entre ses cuisses.

— Tu as déjà fait l'amour assise sur un lavabo ?

— Non, jamais.

Il agaçait l'un de ses tétons du bout de la langue, et, de plaisir, elle enfouit ses doigts dans ses cheveux, renversant la tête en arrière et poussant déjà un gémissement.

— Voilà donc l'occasion rêvée, murmura Christian en déboutonnant son jean.

Il trouva un préservatif dans l'un des placards de la pièce, et l'enfila. A peine l'eut-il pénétrée qu'Amanda se mit à haleter de plaisir. Rivant sa bouche à la sienne, il l'embrassa avec une douceur extrême, aussi langoureusement qu'il lui faisait l'amour. Chaque fois qu'il se retirait d'elle, elle avait envie qu'il la reprenne plus profond encore. Pourtant, il ne céda pas à son impatience et prit tout son temps pour l'entraîner une nouvelle fois vers l'orgasme, un orgasme des plus puissants qui les laissa tous deux pantelants de plaisir.

Christian s'arrêta à un feu rouge et jeta un coup d'œil à Amanda, assise sur le siège passager de son véhicule. Depuis qu'ils avaient quitté son appartement, elle n'avait cessé de discuter, lui laissant à peine le temps de répondre à ses babillages. D'ailleurs, sa conversation était des plus débridées, et le laissait perplexe.

Cela ne ressemblait en rien à Amanda d'être si

nerveuse, mais, au bout d'un long moment, il comprit enfin pourquoi elle se comportait ainsi.

Tout avait été parfait entre eux depuis leur torride interlude dans la salle de bains et même pendant le petit déjeuner. En revanche, Amanda avait changé dès l'instant où il avait annoncé qu'il allait la raccompagner chez elle avant de prendre la route pour Boston, où il allait passer Noël avec sa famille. Tout d'abord, elle avait semblé très calme, mais depuis qu'ils étaient montés en voiture, elle n'avait cessé de parler.

Sans doute babillait-elle autant afin de ne pas lui laisser le temps d'ouvrir la bouche. Afin de ne pas risquer qu'il lui dise qu'ils avaient passé un bon moment mais qu'ils allaient en rester là. Ou de retarder au maximum le moment où il le lui dirait…

C'était drôle, songea-t-il en s'engageant dans la rue qui conduisait chez elle, parce que malgré la promesse qu'ils s'étaient faite l'un à l'autre que cette liaison ne dépasserait pas le cadre du week-end, il n'avait pas envie que cette toute nouvelle relation se termine. Depuis combien de temps n'avait-il pas éprouvé un tel sentiment pour une femme ?

Au cours de ces dernières vingt-quatre heures, quelque chose entre eux avait changé, et il savait qu'Amanda éprouvait des sentiments similaires aux siens. Au-delà de la magnifique alchimie sexuelle qui les unissait, un tout nouveau lien s'était créé.

Oui, désormais Amanda n'était plus seulement la fille de son patron, ni une simple collègue pour qui il éprouvait de l'attirance. C'était une femme à qui il était déjà profondément attaché, une femme qui lui donnait envie de songer à un avenir avec elle, et l'incitait à se poser des questions qui ne lui étaient jamais venues à l'esprit.

Il se gara dans l'allée devant la porte d'entrée de son immeuble.

— Je vais t'accompagner jusque chez toi, dit-il.

— C'est inutile. Ne t'inquiète pas pour moi, ça va aller. Tu as une longue route à faire jusqu'à Boston.

Peu importait. Ce qui se passait entre eux comptait plus que tout. Il hésita un instant, puis décida de se lancer.

— Amanda, au sujet de ce week-end…

Elle l'empêcha de poursuivre en posant un doigt sur ses lèvres, et en esquissant un timide sourire.

— Je t'en prie, ne dis rien, d'accord ? J'ai passé des moments superbes. Merci pour tout.

Ah oui ? Si tout était aussi bien qu'elle le prétendait, pourquoi sa voix tremblait-elle ?

— Amanda…

Cette fois, ce fut ses lèvres qui l'interrompirent, lorsqu'elle se pencha pour lui donner un léger baiser. Au bout de quelques instants, elle s'écarta, et se tourna vers la portière.

— Joyeux Noël, Christian, dit-elle en sortant de voiture, avant qu'il ne puisse ajouter quoi que ce soit, ni même la retenir.

Il resta garé devant chez elle durant cinq bonnes minutes, se demandant s'il devait monter jusqu'à son appartement, ou la laisser tranquille. Après avoir hésité entre les deux scénarios, il remit le moteur en marche et prit la route pour Boston.

A en juger par sa réaction, Amanda n'était pas du tout prête à entendre ce qu'il avait à lui dire. Sans doute pensait-elle n'être qu'une conquête de plus à ses yeux. Certes, sa réputation jouait contre lui, mais il savait que sa vie était en train de prendre un tout autre tournant.

Très bien. Amanda avait visiblement besoin de temps pour songer à ce qu'ils venaient de vivre durant ce week-end et il allait lui en accorder, mais, dès son retour de Boston, il reviendrait lui parler.

Et si elle refusait de l'écouter, il n'hésiterait pas à l'attacher.

6

— Alors, comment va ton travail, Christian ? demanda Cathy, une de ses deux sœurs, en pénétrant dans le salon de leurs parents tout en lui tendant une bière fraîche. La dernière fois que nous avons discuté à Thanksgiving, tu étais toujours le numéro un des cadres commerciaux du magazine, et tu espérais obtenir une promotion.

Assis sur le canapé, Christian regardait ses jeunes neveux et nièces courir partout dans la maison, bien que leurs mères les aient exhortés au calme.

— C'est toujours le cas, répondit-il en remerciant sa sœur pour la bière. Je devrais avoir la réponse après les vacances de Noël.

— Il est évident que tu mérites cette promotion, dit son autre sœur, Diane, en disposant un plateau de hors-d'œuvre sur la table basse. Nous savons tous que tu as travaillé très dur pour l'obtenir.

— Il a travaillé si dur qu'il est toujours célibataire alors que vous êtes tous en couple, déclara sa mère.

Christian haussa les yeux au ciel. C'était le discours qu'il entendait chaque fois qu'il revenait passer quelques jours dans la demeure familiale. Le plus cher souhait de sa mère était de voir tous ses enfants mariés et devenus parents. Or, il était le seul à ne pas avoir encore répondu à ses attentes.

— Laisse-le tranquille, maman, dit Cathy. Il se mariera bien un jour ou l'autre. Il faut juste qu'il rencontre la femme de sa vie, et quand ce sera fait, tu verras qu'il changera.

Sa sœur avait diablement raison. Il n'avait jamais cherché à rencontrer *Mrs Right*, mais depuis qu'elle était apparue dans sa vie, il voyait les choses sous un tout autre angle.

Cela ne faisait que quelques heures qu'il était arrivé chez ses parents, mais il ne cessait de penser à Amanda. D'ailleurs, il avait plusieurs fois résisté à l'envie de l'appeler sur son portable. Vu la façon dont elle l'avait quitté quelques heures plus tôt, elle n'était pas prête à entendre ce qu'il avait à lui dire. Pourvu que ces quelques jours passés l'un sans l'autre l'aident à lui faire entendre raison quand il la reverrait…

La voix de Cathy le tira de ses pensées.

— En tout cas, tes cadeaux sont superbement emballés,

fit-elle remarquer en jetant un coup d'œil à la pile de présents qui trônaient au pied du sapin.

— Mmm, je me demande bien qui a pu faire d'aussi élégants paquets, plaisanta Diane.

— Sûrement sa dernière petite amie, rétorqua Bryan, son jeune frère. La pauvre ignore sûrement qu'elle n'est qu'un numéro parmi tant d'autres.

— Elle n'a rien à voir avec les autres ! rétorqua Christian, un peu trop vite à son goût.

Chacun remarqua qu'il était sur la défensive et le détailla avec intérêt.

— Ah oui ? Et qui est donc cette charmante personne ? demanda Bryan.

— Et depuis quand as-tu des liaisons sérieuses ? ajouta Diane, l'air stupéfaite.

Sa mère n'hésita pas à ajouter son grain de sel.

— Et si cette relation est si sérieuse, pourquoi n'avons-nous encore jamais entendu parler de cette jeune femme ?

Christian poussa un soupir et tenta de s'expliquer.

— Parce que notre histoire n'est devenue sérieuse que tout récemment.

— Quand allons-nous enfin rencontrer ton amie ? insista sa mère.

— Quand je serai parvenu à la convaincre que nous sommes faits l'un pour l'autre.

Bryan lui donna une grande tape sur l'épaule.

— Ah ! Ça fait plaisir de voir que le play-boy de la famille a enfin décidé de se ranger.

— Si vous voulez tout savoir, mon amie s'appelle Amanda, et c'est la fille de mon patron, dit-il, afin que tout le monde sache à quoi s'en tenir.

— Oh ! Christian ! C'est une situation un peu délicate, vu la promotion en jeu, fit remarquer Diane, soudain soucieuse.

Cette éventualité lui avait traversé l'esprit durant son trajet en voiture, parce qu'il était évidemment possible que Douglas ne soit guère enclin à le voir fréquenter sa fille, étant donné son passé de séducteur. Cependant, il avait pris une importante décision, et il s'y tiendrait.

— Je sais. Mais j'ai bien réfléchi. Lorsque je rentrerai, j'irai parler à Amanda et j'essaierai de la convaincre de nous laisser une chance. Certes, mon travail est très important pour moi, et je tiens à cette promotion, mais si je dois choisir, c'est Amanda qui passera en premier.

Excitée comme une petite fille dans un magasin de bonbons, Amanda observait les étagères de chaussures, toutes plus élégantes les unes que les autres, accumulées au fil des années.

A présent qu'elle avait décidé de les porter au quotidien, le plus difficile était de choisir celles qu'elle mettrait en premier.

Hésitante, elle baissa les yeux et contempla le tailleur neuf qu'elle avait revêtu, acquis la veille. Son père avait donné un jour supplémentaire de congé à toute l'équipe, et elle avait passé la journée à faire du shopping, choisissant des tenues qui s'accorderaient mieux à sa nouvelle personnalité.

Elle avait remplacé ses stricts tailleurs par d'autres, plus féminins, choisissant aussi des tops en dentelle, des couleurs plus audacieuses, et des jupes courtes. Quant à ses nouvelles vestes, elles étaient plus moulantes et mettaient ses formes bien plus en valeur.

Aujourd'hui, elle portait une veste ajustée en daim d'un délicat coloris bleu pâle, un chemisier de soie ivoire, et une jupe noire qui s'arrêtait juste au-dessus du genou. Tout ce qui lui manquait, c'était une paire de chaussures pour compléter sa tenue.

Après une longue délibération, elle choisit finalement une paire de hauts talons de Manolo Blahnik aux fines brides colorées, croisées sur le pied. Elle s'observa dans le miroir, ravie du résultat.

Tu vas vraiment porter ces chaussures dehors ?

— Oui, déclara-t-elle à Angie qui avait surgi sur son épaule droite. Je vais porter toutes ces fabuleuses chaussures au travail, pour sortir dîner, et chaque fois que j'en aurai l'occasion.

Tu m'en vois ravie ! s'exclama Désirée en l'applaudissant.

— Merci ! D'ailleurs, je vais donner toutes mes

vieilles tenues à une association de charité. Je n'en aurai plus besoin.

Bravo ! renchérit Désirée.

Riant de l'enthousiasme de la petite diablesse, Amanda se dirigea vers sa commode et y prit l'étoffe colorée que Christian lui avait offerte pour Noël. Un cadeau qui avait déclenché tant de choses en elle ! Elle glissa le foulard autour de son cou, songeant soudain au dernier moment que Christian et elle avaient passé ensemble, et à la peur qui l'avait alors saisie.

Lorsque Christian l'avait raccompagnée chez elle, le dimanche, et avait commencé sa phrase avec ce fameux : « Amanda, à propos de ce week-end… », elle avait été sûre et certaine qu'il cherchait un moyen délicat pour rompre. Elle avait eu tellement peur de se voir de nouveau rejetée après le week-end sensationnel qu'ils avaient passé, qu'elle ne lui avait pas laissé une seule chance de dire quoi que ce soit. Elle refusait d'entendre les mots qui allaient lui briser le cœur, et il avait été plus facile de partir la première.

Pourtant, à présent, après avoir eu plusieurs jours pour réfléchir à son comportement, elle se rendait compte à quel point elle avait été lâche et malhonnête. Elle n'avait pas laissé à Christian l'opportunité de dire ce qu'il avait en tête, redoutant le pire, même après qu'il lui eut montré à quel point il tenait à elle. Désormais, quel que soit ce qu'il avait à dire, bon ou mauvais, elle avait besoin de l'entendre.

Tu es sûre que ça va aller ?

Elle savait qu'Angie se faisait du souci pour elle, mais après le week-end passé avec Christian, elle n'aurait pu se sentir plus optimiste envers l'avenir. Quoi qu'il arrive, elle avait désormais plus confiance en elle que jamais.

— Ne t'inquiète pas pour moi, ça va aller. Je crois même que cela va aller très bien. D'ailleurs, il y a quelque chose que je dois vous dire à toutes les deux.

Désirée et Angie eurent soudain l'air sombre, comme si elles avaient déjà compris ce qu'elle allait leur annoncer.

— Ne m'en veuillez pas, les filles, mais cela fait bien trop longtemps que vous êtes dans ma vie. Il est temps pour moi d'avancer seule.

Son aventure avec Christian lui avait fait comprendre qu'elle avait besoin de faire ses propres choix, sans avoir recours à ces deux petits elfes. L'heure était venue de les laisser s'en aller.

Tu as raison, notre mission est terminée, déclara Désirée, une petite larme au coin des yeux.

Oui, tu es prête à voler de tes propres ailes, acquiesça Angie avec fierté.

Lorsque Amanda jeta un nouveau coup d'œil dans le miroir, le duo avait disparu. Cependant, elle n'avait aucunement l'impression que quelque chose venait de se terminer mais, bien au contraire, qu'elle était à l'aube d'une merveilleuse histoire.

Bien qu'il fût, en temps habituel, toujours capable de se maîtriser, Christian se sentait incroyablement nerveux.

Il était arrivé au bureau de bonne heure, afin de pouvoir s'entretenir avec Douglas Creighton avant que les autres employés n'arrivent. A présent, assis en face de son patron, il avait l'impression qu'un étau lui serrait le cœur. Comment diable cette conversation allait-elle se terminer ?

Mieux valait aller droit au but.

— Merci de me recevoir aussi tôt, monsieur. Il y a un sujet très important dont j'aimerais vous parler.

— Je vous écoute.

— J'aimerais sortir avec votre fille.

Ses paroles furent suivies d'un profond silence. Avant que Douglas ne puisse le renvoyer brutalement de son bureau pour avoir osé émettre une telle suggestion, Christian songea qu'il ferait aussi bien de tout lui expliquer.

— J'ai passé beaucoup de temps avec Amanda, durant le week-end, et j'aimerais pouvoir continuer à le faire sans avoir à me cacher. Je tenais à être honnête avec vous afin que vous connaissiez mes intentions.

Douglas se cala dans son siège et le fixa.

— J'apprécie votre honnêteté, mais étant donné

le scandale que vous avez causé ici, je ne peux que m'inquiéter pour la réputation de ma fille.

— Je comprends tout à fait, répondit Christian, mais je tiens à elle, et je ne serais pas là dans votre bureau à risquer ma promotion si le sujet n'en valait pas la peine.

— Oui, j'imagine que vous avez réfléchi à votre promotion, avant de venir me voir. Vous savez, dans le passé, Amanda a plusieurs fois eu des soucis à cause d'hommes qui voulaient sortir avec elle uniquement dans le but de me rencontrer et de faire carrière à mes côtés.

— Je l'ignorais.

— Quoi qu'il en soit, je dois reconnaître qu'aucun de ces hommes n'a eu le cran de venir me parler comme vous le faites, et de risquer son poste pour ma fille.

— Merci, monsieur. Je pense que lorsqu'un homme rencontre la femme de sa vie, il voit les choses d'une tout autre façon.

— Vous savez ce que l'on prétend, répondit Douglas en esquissant un sourire : derrière chaque grand homme, il y a une femme encore plus formidable que lui.

— C'est ce que disait aussi mon père.

— Eh bien, il avait raison, et je vois qu'il a su transmettre de bons conseils à son fils. A présent, au sujet de la promotion en question, j'avais effectivement l'intention de vous l'offrir. Evidemment, après cette conversation…

Christian l'interrompit en levant une main devant

lui. Il était déçu, mais il savait aussi qu'il accepterait mieux cette défaite si les mots n'étaient pas prononcés à voix haute.

— Je comprends tout à fait, monsieur.

Douglas le contempla d'un air intrigué.

— Vraiment ?

Christian hocha la tête.

— Oui, vous voulez vous assurer que je ne suis pas comme les autres hommes qui ont fréquenté votre fille uniquement dans le but de s'élever dans leur carrière.

— En fait, je sais déjà que vous êtes différent d'eux, déclara Douglas. Vous avez fait vos preuves dans la société, et encore plus aujourd'hui, en vous montrant aussi loyal. Je ne pourrais pas demander mieux, et le poste de directeur des ventes est à vous, Christian.

Stupéfait, il lui fallut quelques secondes pour comprendre le sens des paroles de Douglas.

— Vous voulez dire que… ?

En face de lui, Douglas souriait avec bienveillance, et Christian se leva et lui serra chaleureusement la main.

— Merci beaucoup.

Il n'était plus capable de prononcer un seul mot.

— Vous l'avez bien mérité, affirma Douglas. Je voulais attendre le retour des congés de Noël pour l'annoncer, mais je pense que le moment ne pourrait pas être mieux choisi.

Christian se rassit dans son siège, essayant de rassembler ses pensées.

— A propos de ma fille, poursuivit Douglas, j'ai pris le petit déjeuner avec elle ce matin, et à présent, je comprends pourquoi elle était aussi radieuse. C'est grâce à vous.

Radieuse ?

— Je vous demande pardon ?

Douglas se mit à rire.

— Ah ! A l'évidence, vous ne l'avez pas encore vue, aujourd'hui, n'est-ce pas ?

— Non, je voulais d'abord vous parler.

Douglas jeta un coup d'œil à sa montre.

— Eh bien, je suppose qu'elle doit être arrivée dans son bureau, à présent, et, étant donné que nous en avons terminé tous les deux, je suggère que vous alliez la retrouver.

— Oui, monsieur, répondit-il avant de saluer Douglas et de quitter la pièce.

Dopé par une puissante poussée d'adrénaline, Christian se dirigea vers le bureau d'Amanda. A sa grande déception, elle ne s'y trouvait pas. Jetant un coup d'œil alentour, il se rendit compte que les doubles portes qui menaient à sa suite privée étaient ouvertes et, entendant du bruit, ferma avec précaution la porte derrière lui, puis s'avança.

Soudain, il remarqua Amanda dans la petite cuisine, en train de préparer du café. Elle lui tournait le dos, et il attendit qu'elle ait terminé. Lorsqu'elle se retourna pour rejoindre son bureau, elle le vit enfin.

— Christian ! Je ne t'avais pas entendu entrer.

Il la dévisagea, bouche bée. A présent, il comprenait ce que son père avait voulu dire. Oui, Amanda avait l'air radieuse. Le subtil changement se lisait aussi bien dans ses yeux, qui semblaient plus lumineux que d'habitude, que dans son allure. De plus, elle portait une paire de ses fabuleux escarpins qui rendaient ses jambes encore plus belles, ainsi que l'étole colorée qu'il lui avait offerte, et un tout nouveau tailleur, très sexy.

— Tu es magnifique !

Il mourait d'envie de la prendre dans ses bras, de l'embrasser et de la caresser. Ils n'avaient passé que quelques jours loin l'un de l'autre, mais elle lui avait tant manqué !

— Merci, répondit-elle en acceptant son compliment. Je suis contente que tu sois là, parce que je voulais te parler.

— Non, c'est moi qui ai quelque chose à te dire, et cette fois, tu vas m'écouter. D'ailleurs, j'ai même fermé la porte à clé afin que tu ne puisses pas t'échapper.

— Ce n'était pas vraiment nécessaire.

— Je préférais ne pas prendre de risques, répondit-il

en l'entraînant vers le canapé sur lequel il s'installa avant de la faire asseoir sur ses genoux.

Lorsqu'il fut certain d'avoir toute son attention, il se lança.

— Bon, je vais être très direct. Je sais que nous avions prévu de n'avoir qu'une brève aventure qui ne dépasserait pas le cadre du week-end, mais j'ai bien peur…

Il prit une longue inspiration, puis se lança :

— J'ai bien peur d'être tombé amoureux de toi.

Comme Amanda écarquillait les yeux, il lui effleura la joue, retenant son souffle. Allait-elle lui dire de sortir ?

— J'ai bien peur qu'il ne me soit arrivé la même chose, murmura-t-elle enfin.

Une vague de soulagement le saisit. Il était l'homme le plus heureux du monde !

Il passa un bras autour de sa taille, et l'attira plus près de lui.

— Tu acceptes donc de sortir avec moi ? D'être ma petite amie, et de ne fréquenter aucun autre homme ? Parce que j'ai l'impression que si tu continues à porter des chaussures aussi sexy, tu risques d'attirer beaucoup l'attention de tous les hommes alentour !

Elle prit son visage entre ses mains, le regardant avec amour.

— La seule attention qui compte à mes yeux, c'est la tienne.

— Excellente réponse, mademoiselle Creighton, dit-il en l'embrassant avec passion.

Quelques instants plus tard, elle l'interrompit pour reprendre son souffle.

— Tu me rends fou, Amanda, déclara-t-il. Je veux passer tout mon temps libre avec toi, et que tu rencontres ma famille. Mais ce que je veux par-dessus tout, c'est te retirer tous tes vêtements, et te faire l'amour ici et maintenant.

Elle esquissa un sourire, mais il remarqua une lueur d'inquiétude dans ses yeux.

— Avant toute chose, je crois que nous ferions bien de mettre mon père au courant de notre relation.

— Ne t'inquiète pas, c'est fait. Il m'a donné sa bénédiction ainsi qu'une promotion. Je suis désormais le nouveau directeur des ventes.

— Félicitations ! Je suis si contente pour toi !

— Et moi, je suis très content de ce que je vois, dit-il en effleurant l'écharpe chatoyante. C'est pour moi que tu as mis ce nouveau tailleur, si sexy ?

Amanda secoua la tête.

— Non, si j'ai changé de style, c'est pour moi. Il était grand temps que j'affirme ma personnalité.

Sa réponse était exactement celle qu'il avait envie d'entendre.

— Dans ce cas, tu l'as fait pour de bonnes raisons.

Elle déposa un tendre baiser sur sa joue.

— Je dois te remercier pour m'avoir aidée à comprendre qui je suis vraiment.

Il posa une main sur son genou, puis la glissa sous sa jupe.

— Tout le plaisir était pour moi.

Amanda le regarda d'un air faussement indigné.

— Mmm, je crois que si tu continues dans cette direction, c'est moi qui serai comblée de plaisir.

Avant qu'elle ne puisse ajouter un mot, il la renversa sur le canapé, et fit remonter sa jupe sur ses cuisses. Puis, un petit sourire taquin aux lèvres, il pencha la tête et mordilla l'intérieur de sa cuisse avec tendresse, avant d'y déposer une pluie de baisers.

— Oh, oui ! gémit Amanda.

Tout d'un coup, une pensée le stoppa net, et il redressa la tête pour la contempler.

— Heu … est-ce qu'Angie et Désirée sont encore là ?

A présent qu'il était au courant de l'existence du duo, autant savoir en quelles occasions les deux elfes avaient l'habitude d'apparaître.

Amanda se mit à rire.

— Non, elles sont parties. Il n'y a plus que toi et moi, et je t'assure qu'elles ne viendront plus nous interrompre.

— Dieu merci, répondit Christian en riant à son tour, avant de continuer ce qu'il avait si bien commencé.

ISABEL SHARPE

Un Noël très sexy : Cathy

INTÉGRALE
UN NOËL TRÈS SEXY

Traduction française de
DIANE HAMILTON

• SAGAS •

HARLEQUIN

Titre original :
THE NIGHTS BEFORE CHRISTMAS

Ce roman a déjà été publié en 2010

1

— Oh mon Dieu, Cathy, tu ne vas pas le croire ! Ecoute un peu ton horoscope du jour !

Cathy leva les yeux un bref instant avant de continuer à préparer son déjeuner pour l'emmener au bureau : un sandwich au jambon fumé, cheddar et laitue, le tout nappé d'une mayonnaise allégée, dans un pain aux graines de sésame.

Comme chaque matin, sa colocataire, Melinda, dévorait l'horoscope du *New York Post* avant d'aller s'acquitter de son job de serveuse au Ici Restaurant, sur Dekalb Avenue, pas très loin de leur appartement de Brooklyn. Melinda attachait une attention extrême aux prédictions de l'horoscope.

— Vas-y, je t'écoute, dit Cathy.

— « Un cadeau que vous recevrez aujourd'hui vous conduira au véritable amour ».

Elle poussa un petit cri de joie, et regarda Cathy en écarquillant ses grands yeux bleus.

— C'est non seulement ce que Mme Cassandra t'avait prédit, mais aujourd'hui tu es supposée recevoir un cadeau à la fête de Noël de ton bureau.

— Quelle chance j'ai ! rétorqua Cathy en ajoutant une pomme à son déjeuner.

Quelque temps plus tôt, Melinda avait réussi à l'entraîner chez une voyante. Certes, les prédictions de Mme Cassandra étaient en général très précises, mais Cathy estimait que ses visions n'étaient dues qu'aux signaux subtils que ses clientes lui adressaient sans même s'en rendre compte. C'était peut-être fascinant, mais tout cela lui semblait bidon.

Quelles difficultés y avait-il à prévoir qu'elle recevrait un cadeau en décembre ? Certes, Mme Cassandra avait précisé que le présent viendrait d'un homme, mais son père était un homme, et elle l'aimait. Tout comme son frère.

— Je suis très sérieuse, Cathy, insista Melinda. Mme Cassandra ne se trompe jamais, et cet horoscope confirme ses dires. Allons faire un tour dans ton armoire. Il te faut une tenue parfaite, aujourd'hui.

— Je suis très bien comme ça, répondit Cathy en désignant d'un geste de la main son pantalon vert olive et son top beige, qu'elle avait repassés la veille au soir.

Elle n'allait tout de même pas changer de tenue à cause de la prédiction d'un journal.

— Et si jamais tu tombes sur Quinn ? insista Melinda.

Cathy sentit une rougeur envahir ses joues, et sut que Melinda l'avait remarquée. Quelle erreur d'avoir confessé son attirance pour Quinn à une amie qui n'avait de cesse de voir un signe du destin à la moindre occasion !

— Soyons sérieuses, Melinda, même si Quinn tire mon nom dans l'urne des cadeaux secrets, il n'y aura jamais de véritable amour entre nous.

— Pourquoi pas ?

— Parce qu'il n'est pas mon type.

— Qu'est-ce que tu veux dire par là ?

— Voyons voir, soupira Cathy. Tout d'abord, c'est un play-boy aux goûts de luxe, alors que, moi, je suis une fille toute simple. Il se régale de caviar et de champagne alors que je me contente d'un bon pot de crème glacée et d'une tablette de chocolat. Tu vois, nous n'avons vraiment rien en commun.

— Pourtant…

Un coup familier fut soudain frappé à leur porte d'entrée. Aussitôt, Cathy sentit son cœur faire un bond dans sa poitrine. D'abord elle était ravie d'échapper à cette discussion avec Melinda, et puis, elle savait que l'homme qui se tenait derrière la porte était Jack, leur nouveau voisin, qui lui plaisait tant. D'ailleurs, depuis son arrivée dans l'immeuble, qui ne datait que de quelques semaines, Jack avait montré beaucoup d'intérêt envers elle. A croire qu'il saisissait n'importe quel prétexte pour venir frapper chez elles.

Elle laissa Melinda lui ouvrir la porte, et l'entendit bavarder avec Jack. Melinda pouvait entamer une discussion avec n'importe qui. Elle se serait montrée aussi décontractée en présence de la reine d'Angleterre. Oh, oui ! Elle pouvait déjà l'imaginer en présence de l'Altesse royale. *Salut, Elizabeth, vous avez un super chapeau ! Au fait, quel est votre signe astrologique ?*

Entendant des pas approcher, elle ferma sa boîte à déjeuner et la rangea avec précaution dans son grand sac de cuir noir, puis tenta d'adopter un air nonchalant.

— Bonjour, Cathy, comment ça va ?

— Bonjour, Jack.

Ses cheveux étaient encore humides de la douche, et d'irrésistibles mèches sombres bouclaient dans son cou, le rendant encore plus séduisant.

— Alors, tu apprécies de vivre dans l'un des immeubles les plus moches de New York ? demanda-t-elle.

— Au moins, nous n'avons pas à contempler l'extérieur du bâtiment depuis chez nous.

Il esquissa un sourire, et jeta plusieurs fois un regard insistant à Melinda.

— Alors, Cathy, tu te prépares à aller au bureau ?

Cathy consulta sa montre. Il lui restait encore dix bonnes minutes.

— Pas encore.

— Oh, je vois. Je pensais t'accompagner…

Il jeta un nouveau coup d'œil à Melinda.

— … afin que nous puissions discuter.

— Oh ! s'exclama Melinda en saisissant le journal, je crois que j'ai un truc à faire dans ma chambre. A plus tard.

Cathy sentit son cœur battre la chamade.

— Que se passe-t-il ? demanda-t-elle à Jack.

Jack lui fit un large sourire, et elle le trouva encore plus séduisant que jamais. De nouveau, elle s'empourpra.

— Tu es très jolie, aujourd'hui.

Elle se mit à rire.

— Tu dis cela chaque fois que tu me vois. Un de ces jours, tu me verras la tête à l'envers, et cette fois tu ne pourras plus en dire autant.

— Ça, j'en doute, répondit-il en la dévisageant des pieds à la tête.

En temps ordinaire, elle détestait qu'un homme la regarde ainsi, mais là, avec Jack, cela ne lui déplaisait pas du tout.

— Tu sais, Cathy, il n'y a rien de mieux que de traîner au lit un samedi matin avant Noël, et de sortir ensuite pour le brunch. Qu'est-ce que tu en penses ?

— Heu… Oui, bien sûr. Ça me paraît une bonne idée.

Jack s'approcha d'elle.

— Ça te dirait qu'on fasse ça demain ?

— Quoi ? Traîner au lit ?

Elle esquissa un sourire, mais au lieu de rire, Jack eut soudain l'air très intéressé.

Heu, non, mieux valait d'abord apprendre à se connaître. Pour le sexe, on verrait ensuite.

— Je plaisantais, dit-elle.

— Ah ? Dommage ! Que veux-tu, un homme peut toujours espérer. On se contente du brunch, alors ?

— D'accord pour le brunch.

Après tout, c'était une bonne façon de commencer les vacances de Noël.

— Parfait, répondit Jack en reculant de quelques pas, et en désignant la porte d'entrée du doigt. Tu viens ?

— J'arrive.

Elle prit son sac et son manteau, songeant à enfiler ses bottes, si confortables, mais si peu sexy, et changea d'avis. Après tout, la neige avait bien fondu, les trottoirs devaient désormais être praticables.

— Cathy ? cria Melinda en choisissant ce moment pour sortir de sa chambre. Attends un instant, tu oublies ton… heu…

Melinda jeta un coup d'œil autour d'elle, mais ne

trouva rien, étant donné que Cathy avait tout préparé la veille.

— Je peux te parler une seconde ? demanda-t-elle.

— Bien sûr.

Cathy se tourna vers Jack avec un regard d'excuse.

— On se retrouve en bas ?

— D'accord, dit-il en s'éloignant après avoir fait un petit signe de la main à Melinda.

— Alors ? se précipita Melinda. Raconte-moi tout !

— Melinda ! s'exclama Cathy en enfilant son manteau. Je vais être en retard.

— Il t'a demandé de sortir avec lui ?

— Oui. Nous allons bruncher ensemble demain.

— Génial ! Je le savais ! Il est tellement sexy. Si tu savais comme je suis jalouse !

Melinda posa une main sur son cœur, comme pour en calmer les battements.

— Bon, tout est parfait, reprit-elle. Il n'a plus qu'à t'offrir un cadeau aujourd'hui, et…

— Melinda, ça suffit ! Il n'a pas à…

— Oh que si ! Ainsi, tu sauras si c'est le grand amour ou non. Et si ce n'est pas le cas, je te le pique !

— Melinda ! Je vais être en retard. On se voit ce soir.

Une minute plus tard, elle retrouva Jack dans le hall de leur curieux immeuble, célèbre pour avoir été construit sans aucun angle droit. A n'en pas douter, l'architecte considérait le bâtiment comme un chef-d'œuvre mais, comme elle le faisait souvent remarquer, il n'avait pas pour autant choisi de vivre ici. Quoi qu'il en soit, dans cette ville, il était déjà si difficile de trouver un appartement propre et confortable sans un loyer exorbitant, qu'il valait mieux ne pas se soucier, en plus, de l'esthétique.

Ils descendirent la 8e Rue, en direction de la Cinquième Avenue, et au bout de quelques minutes à peine, elle se mit à regretter de ne pas avoir enfilé ses bottes fourrées. Il faisait un froid glacial, et ses pieds étaient gelés. Mais pas question de se plaindre. Mieux valait compter sur la conversation pour oublier qu'elle était transie.

— Alors, ça te plaît de vivre à New York ? demanda-t-elle.

— C'est très différent de Boston, mais quand ton patron te propose une promotion en te faisant comprendre que tu n'as pas intérêt à la refuser, tu acceptes.

— Qu'est-ce que tu préfères, à Boston ?

— Eh bien, c'est une grande ville, mais on ne s'y sent pas aussi perdu que dans une métropole. Il y a une ambiance plus familiale, là-bas.

— Je comprends ce que tu veux dire. Cela fait cinq ans que j'ai quitté Chicago pour emménager ici, mais parfois j'ai la nostalgie du pays.

— Ça ne m'étonne pas.

Quelques instants plus tard, ils arrivèrent au métro,

où leurs chemins se séparaient. Cathy allait prendre le train en direction de Times Square, et Jack irait vers Wall Street.

— Bonne journée, dit-elle.

— Toi aussi. J'espère que le Père Noël t'apportera un cadeau qui te fera plaisir.

— Qui t'a parlé de cette fête ?

— Melinda.

— J'aurais dû m'en douter ! s'exclama-t-elle, se demandant ce que Melinda avait pu lui révéler d'autre. Que veux-tu, elle est complètement obsédée par les prévisions astrologiques.

— Mmm, l'horoscope peut être intéressant, parfois. Bon, alors, à demain matin… si nous ne nous revoyons pas avant… Ce qui… Ce qui me plairait beaucoup.

— Oh !

Elle eut l'impression qu'il allait ajouter quelque chose, mais il n'en fit rien.

— Moi aussi, répondit-elle.

— Amuse-toi bien à ta fête.

— Merci.

Elle s'éloigna vers le métro, avec la sensation que Jack l'observait. Il lui semblait parfait sur bien des plans, et, à l'évidence, il était attiré par elle. Certes, il n'y avait pour l'instant aucune étincelle entre eux, mais peut-être était-il encore trop tôt. Après tout, ses parents étaient mariés depuis plus de trente-cinq ans, et sa mère lui avait toujours dit que la magie entre eux n'avait commencé à opérer qu'à leur quatrième ou cinquième rendez-vous.

De toute façon, il y avait d'autres choses plus importantes dans la vie d'un couple qu'une alchimie immédiate. Néanmoins, elle ne pouvait s'empêcher d'espérer que, lorsque Jack et elle se connaîtraient mieux, leur relation deviendrait un peu plus… épicée.

Une fois arrivée à Times Square, elle se dirigea vers le gigantesque immeuble Jackman Butler où, depuis cinq ans, elle travaillait comme coordinatrice artistique au département photo pour le magazine *Connaisseur.*

Elle prit l'ascenseur et en sortit au vingt-sixième étage, où se trouvait son bureau. Le magazine de fin d'année était sorti à temps, et l'équipe travaillait à présent sur le numéro de printemps, mais dans les locaux régnait l'ambiance festive de Noël.

Au pied d'un gigantesque sapin trônait une pile de paquets-cadeaux aux couleurs chatoyantes. Cathy s'arrêta un instant pour y déposer le sien, un paquet de café de grande marque pour Bill, leur rédacteur en chef, grand amateur de caféine, puis se dirigea vers son bureau.

En ce vendredi, veille de vacances, tout le monde était d'humeur joyeuse, et elle ne cessa de penser à Jack et à la fête de Noël durant toute la matinée. A dire vrai, elle ne travailla guère, pas plus que les autres membres de l'équipe…

Après avoir déjeuné, elle se mit à contempler l'écran de son ordinateur, cherchant juste à tuer le temps avant que la fête ne commence. Peut-être pourrait-elle faire quelques recherches pour…

— Alors, Cathy, ça va ?

Elle leva la tête et planta son regard dans celui, bleu azur, d'un photographe de l'équipe, Quinn, qui la regardait d'un air attentif. Quinn, d'habitude toujours en déplacement professionnel, avait passé pas mal de temps au bureau ces deux dernières semaines, et était venu la voir presque tous les jours pour discuter. Pourtant, il devait avoir bien d'autres choses à faire.

— Ça va, merci, et toi ?

— Ça va. Qu'est-ce que tu fais pour les vacances ?

— Comme d'habitude, je vais chez mes parents, à Westchester. Mon frère sera avec nous aussi. Et toi ?

— Pareil, je vais chez mes parents, à Princeton.

Quinn la regardait avec beaucoup trop d'attention à son goût, la mettant presque mal à l'aise.

— Et donc, mardi, tu pars à Londres pour un an, poursuivit-elle.

— Oui, Cathy, une année entière. J'ai terminé ma dernière mission pour *Connaisseur.* Je vais aller étudier à l'Institut d'art photographique de Sotheby's et je partagerai un appartement avec mon copain John. Tu crois que tu pourras vivre sans moi aussi longtemps ?

Bien que son cœur vienne d'effectuer un double salto dans sa poitrine, Cathy lui répondit sur le même ton détaché.

— Je vais essayer.

— Si c'est trop difficile, appelle-moi. Ou plutôt, prends un billet d'avion et viens me rejoindre…

— Oh, à présent, tu t'en prends à Cathy ? s'exclama Sandra, la beauté ravageuse du bureau, en s'approchant de Quinn. Décidément, une femme dans chaque port ne te suffit pas ! Toi, il t'en faut plusieurs, ajouta-t-elle en lui effleurant le bras.

— Quel mal y a-t-il à cela ? demanda Quinn d'un air innocent.

— Tu n'es qu'un dépravé ! Par ailleurs, on te réclame à la fête, insista Sandra.

Il était clair qu'elle tentait de flirter avec lui, mais, à l'évidence, il s'en moquait bien. Avec une lueur au fond des yeux, il se tourna vers Cathy et lui tendit la main, au grand désespoir de Sandra.

— Dans ce cas, allons-y ! Au fait, Cathy, dis-moi, c'est toi qui vas m'offrir mon cadeau de Noël ?

— Non.

— Dommage, dit-il avec un clin d'œil, moi qui espérais que tu m'aurais acheté quelque chose de sexy ou de scandaleux.

— Eh bien, je…, commença-t-elle.

Mais pourquoi flirtait-il ainsi avec elle ? Il était si séduisant qu'il avait un large choix de conquêtes.

— Désolé, dit-il, je ne voulais pas t'embarrasser. Viens, allons-y !

Une fois sur les lieux de la fête, Cathy choisit un siège à l'extrémité de la rangée disposée en cercle autour du sapin, et tenta de cacher sa déception lorsque Rosy vint s'asseoir à côté d'elle, tandis que Quinn prenait place en face. C'était pathétique ! Ce matin, elle avait accepté de sortir avec Jack, et à présent, elle était perturbée par la présence d'un autre homme, un véritable play-boy, qui plus est. Qu'est-ce qui clochait chez elle ?

Une fois que tout le monde fut réuni, on commença à ouvrir les paquets. Il y eut des rires lorsque Dan, ouvertement homosexuel, reçut un calendrier d'hommes nus. De grands *ooohh* et *aaaah* lorsque Glenda, grande amatrice d'opéra se vit offrir un CD des plus célèbres airs, et d'appréciateurs *mmmm*, lorsque Bill découvrit le paquet de café exotique que Cathy avait acheté pour lui. Puis, ce fut son tour. On lui déposa une grande boîte plate entre les mains, et tous les regards se tournèrent vers elle.

Cathy dénoua le ruban, écarta le papier de soie, et découvrit…

Oh mon Dieu ! Un ensemble coquin de lingerie en

dentelle et plumes rouges, quelque chose que la mère Noël aurait pu porter pour s'encanailler avec le Père Noël. Un ensemble très, très sexy, dont la petite culotte était brodée d'un message déclarant : *surprends-moi* !

— Montre-nous ça ! cria Dan.

Les joues empourprées — quelle surprise ! — Cathy leva l'ensemble devant elle, et aussitôt la salle s'emplit de cris et de sifflements.

— Regarde ! s'exclama Ron en saisissant une enveloppe rouge au fond de la boîte.

Malgré l'inscription *Privé*, Ron l'ouvrit et en extirpa une carte qui représentait un immense bouquet de roses rouges.

— Oh ! Oh ! Voyons voir qui est l'expéditeur de ce cadeau !

— Ron ! s'exclama Cathy en lui prenant la carte des mains.

A l'évidence, son mystérieux expéditeur tenait à ce qu'elle lise la carte quand elle serait seule. Il était hors de question que quelqu'un d'autre la voie.

Qui diable pouvait lui avoir offert ce…

Un cadeau.

Aujourd'hui.

Même si elle ne croyait pas à l'astrologie, il fallait avouer que la coïncidence était troublante.

Qui était derrière tout cela ?

Elle observa les visages rieurs de ses collègues assis

en cercle autour de la pièce et soudain son regard se posa sur Quinn.

Quinn, qui ne riait pas, ne faisait pas de plaisanteries salaces, mais l'observait avec attention, un petit sourire aux lèvres.

Et avant même qu'elle ne commence à se poser des questions…

Quinn lui fit un clin d'œil.

2

Cathy passa les doubles portes d'entrée et quitta l'immeuble, avançant dans la nuit fraîche. La température avait brusquement refroidi en fin de journée, et un vent mordant incitait chacun à rentrer chez soi.

Pour sa part, encore confuse du cadeau qu'elle avait reçu, elle n'était pas mécontente de ce coup de froid. Un peu d'air frais l'aiderait à s'éclaircir les idées.

Dès que les plaisanteries avaient cessé, et que la fête avait commencé, elle s'était réfugiée dans les toilettes pour dames, le seul endroit où elle était certaine de pouvoir lire en privé la carte qui accompagnait son cadeau.

Surprise de recevoir un tel cadeau au bureau ? Tu ne devrais pas. La nécessité pousse parfois l'homme à se dépasser, et j'aimerais apprendre à te connaître mieux. Tu l'as certainement compris après tous les signaux que je t'ai envoyés ces derniers temps. Viens

ce soir, à vingt heures. Je n'ai pas besoin de t'indiquer l'adresse. Que tu choisisses de porter cet ensemble ou pas, que tu décides que nous passions la soirée à discuter ou à faire bien autre chose, je t'attendrai.
Ton admirateur secret.

La carte se trouvait à présent dans son sac, ainsi que le cadeau. Elle l'avait lue au moins une bonne vingtaine de fois. Surprise ? Oh que oui ! Des signaux ? Certes, Quinn était venu à maintes reprises dans son bureau ces derniers temps, et n'avait cessé de flirter avec elle. Cependant, elle était toujours persuadée qu'il n'agissait ainsi que pour passer le temps. Son adresse ? Non, il n'avait pas besoin de la lui communiquer : elle s'occupait des dossiers de chacun des photographes et avait très facilement découvert qu'il habitait dans le quartier de Tribeca.

Restait la question à un million de dollars. Se rendrait-elle au rendez-vous ? Et si c'était le cas, que ferait-elle ? Se contenterait-elle de bavarder avec lui toute la soirée, ou voudrait-elle passer à « autre chose » ?

La situation était si surréelle ! Ainsi, Quinn la désirait ?

Elle esquissa un sourire en descendant l'escalier qui menait au métro, et, durant tout le trajet jusque chez elle, elle eut l'impression qu'une folle énergie s'était emparée d'elle. Elle avait presque envie de danser sur son siège.

Elle et Quinn ! Malgré tous ses fantasmes, cela semblait pourtant impossible. Dieu merci, Melinda travaillait ce soir, ce qui lui éviterait d'entendre encore parler de ce maudit horoscope. En fait, Quinn lui avait juste offert une aventure d'une nuit. C'était à elle de décider de l'accepter ou pas.

Qu'avait-elle à perdre, après tout ? Elle pouvait se rendre chez lui, porter cet ensemble sulfureux de dentelle rouge, passer la nuit avec lui comme n'importe quelle femme aurait été ravie de le faire, puis lui dire au revoir et merci pour le charmant souvenir. Dans quelques jours, Quinn quitterait les Etats-Unis pour l'Angleterre pour une année entière, et elle serait libre d'entamer une relation avec Jack.

Ou bien, elle pouvait aussi décider de rester sagement chez elle, et de ne pas risquer d'être déçue au cas où ses fantasmes ne seraient pas à la hauteur. De la même façon, Quinn s'en irait dans quelques jours, et elle pourrait tout autant commencer à sortir avec Jack.

Et passer le reste de sa vie à se demander ce qui serait advenu si elle était allée au rendez-vous ?

Le train s'arrêta à sa station, et elle quitta le métro. Quand aurait-elle une autre opportunité de cette sorte ? Quand aurait-elle de nouveau l'occasion de jouer les grandes séductrices ? Tim, son seul petit ami sérieux depuis qu'elle avait eu son diplôme, cinq ans plus tôt, avait toujours traité l'acte sexuel comme quelque chose de sacré, et jamais elle ne s'était amusée au lit. Séduire un homme aussi sexy que Quinn représentait un véritable défi. Après tout, l'invitation était dans son sac, il savait à quoi s'attendre, et elle ne risquait pas de se voir rejetée.

Elle grimpa les quelques marches de son immeuble. Bon, alors que faire ? Enfiler ces sous-vêtements sexy, se rendre à l'appartement de Quinn et… ?

Pourquoi pas ?

Oui, elle allait sauter le pas. Elle allait séduire Quinn.

Une heure plus tard, ayant revêtu l'ensemble de dentelle rouge, Cathy s'observait dans son miroir.

Non, il était hors de question qu'elle fasse cela !

Certes, la lingerie était à sa taille — sans aucun doute Quinn devait avoir l'habitude de prendre les mesures d'un corps féminin d'un simple regard —, mais, si ce genre de sous-vêtements avaient en général beaucoup d'allure sur les photos des magazines, sur elle… Eh bien disons que cette dentelle rouge faisait paraître sa peau encore plus blanche qu'elle ne l'était. De plus, son ventre n'était ni plat ni bronzé, et l'élastique de la petite culotte faisait ressortir sa cellulite naissante. Ses seins étaient peut-être mis en valeur par le soutien-gorge, mais elle ne s'était pas tenue à sa résolution de l'an passé d'aller régulièrement à la salle de gym, et ses bras pendouillaient d'un air lamentable.

Au diable, tout cela !

Elle retira l'ensemble et le jeta d'un air dégoûté sur son lit. Autant tout oublier ! Les délicieux moments qu'elle s'imaginait déjà passer avec Quinn entre ses draps ne resteraient que purs fantasmes. C'était aussi bien comme cela !

Elle enfila une culotte de coton blanche, et un vieux sweat-shirt gris. Melinda travaillait ce soir, elle n'aurait donc aucune compagnie, et même si Jack avait dit qu'il espérait la voir avant demain, ce serait quand même abuser d'aller frapper à sa porte ce soir, étant donné qu'ils avaient rendez-vous pour le brunch.

Génial… Au lieu de passer la nuit à faire l'amour avec l'un des hommes les plus sexy de la terre, elle allait devoir se contenter de regarder une émission débile à la télévision.

Croisant les bras, elle observa l'ensemble en dentelle qui traînait sur son lit, et une pointe de culpabilité la titilla. Ce n'était pas à Quinn qu'elle aurait dû songer, mais à Jack. Cependant, une nuit avec Quinn représentait une chance unique de vivre une passion audacieuse. Peut-être la seule chance qu'elle aurait jamais.

Si Jack et elle devenaient amants, elle savait qu'il respecterait les conventions, ce que, d'ailleurs, elle préférait au début d'une relation. Ils sortiraient ensemble à plusieurs reprises, flirteraient un peu, puis, au bout de quelques semaines, lorsqu'ils seraient tous deux d'accord pour s'engager dans une relation exclusive, ils finiraient peut-être enfin au lit.

Une nuit avec Quinn n'aurait rien à voir. Il n'y aurait pas de délai à respecter, ni aucune convention. Ce serait comme un gigantesque feu d'artifice, une fête de tous les sens, un plaisir qu'elle ne s'était jamais offert… pour de bonnes raisons.

Parce que c'était en général le genre de relation qui conduisait à avoir le cœur brisé.

Mais Quinn quittait bientôt le pays, et, de toute façon, tout ce qui pourrait se passer entre eux aurait forcément une durée limitée dans le temps. Elle n'aurait pas à le revoir au bureau, ni à se demander quand il appellerait, ou quand il lui proposerait un nouveau rendez-vous…

Elle se passa une main sur le visage, poussa un long soupir, puis commença à retirer sa culotte de coton et son sweat-shirt.

Fonce ! C'est ta seule chance de vivre ton fantasme !

Une heure plus tard, après avoir encore tergiversé, elle se tenait devant l'immeuble de Quinn, frissonnante de froid. Essayer de se comporter comme une femme audacieuse était certainement une idée très stupide. Elle avait hésité à plusieurs reprises, puis s'était enfin décidée et avait enfilé l'ensemble de dentelle rouge sous un jean noir et un pull rose.

Après dix bonnes minutes passées à arpenter la rue,

tant elle hésitait encore, elle était quasiment certaine que son nez et ses oreilles étaient aussi roses que son pull, ce qui devait lui donner un air horrible.

Bon ! Il était temps de se lancer !

Grimpant les quelques marches du perron, elle sonna à l'Interphone.

— Oui ? s'enquit la voix de Quinn.

— Bonsoir, Quinn. C'est Cathy. Cathy Johnson.

Avec un bon retard sur l'heure prévue !

— Cathy ?

Quinn avait l'air surpris, mais content.

— Monte ! C'est au troisième étage.

Il déclencha l'ouverture de la porte et elle pénétra dans le grand hall décoré dans des teintes vert olive et crème, et dans lequel trônaient une douzaine de pots de poinsettias stratégiquement répartis en plusieurs endroits, ainsi qu'une volumineuse guirlande de Noël.

Mais plus important que tout, ce hall était un véritable havre de douce chaleur. Elle attendit une minute que son nez et ses doigts retrouvent leur couleur normale, puis se dirigea vers l'ascenseur. Une fois à l'intérieur de la cabine, elle s'observa dans le miroir. Dieu merci, elle n'avait pas aussi piètre allure qu'elle ne le redoutait.

Au troisième étage, la cabine s'ouvrit, et elle s'avança dans le couloir. Soudain, elle vit Quinn, adossé à sa porte ouverte, vêtu d'un jean moulant et d'une chemise décontractée ouverte sur un T-shirt blanc.

Oh mon Dieu ! Il était si séduisant.

— Bonsoir, dit-elle en s'approchant. Eh bien… me voici.

Quelle stupide entrée en matière !

— Oui, je vois ça. Je t'en prie, entre.

Il la fit pénétrer dans son salon, qui était exactement tel qu'elle se l'était imaginé. Sophistiqué, des antiquités se mêlant à des pièces plus modernes. Beaucoup de photographies sur les murs, certaines étant les siennes, d'autres des reproductions de grands photographes.

— Très bel endroit. Tu es propriétaire, ou locataire ? demanda-t-elle en faisant mine d'examiner le décor.

— Propriétaire.

— Ah !

Elle se sentait de plus en plus nerveuse. Tous deux savaient pourquoi elle était là, alors pourquoi discuter d'immobilier ? Quelle était l'entrée en matière la plus adéquate ?

— Tu as prévu de louer cet appartement, après ton départ ?

— Non, mes parents et mes frères séjourneront ici quand ils seront en ville.

Il s'approcha, et s'arrêta juste derrière elle. Elle se retourna et lui sourit. Allait-elle être capable de se lancer ?

— Tu veux boire quelque chose ?

— Volontiers, merci.

Un peu d'alcool l'aiderait au moins à se détendre.

— Du whisky ? Du cognac ? Une bière ? Du vin ?

Peu importait le breuvage, pourvu qu'il soit assez fort pour qu'elle se relaxe !

— Du cognac, répondit-elle.

— Je crois que je vais en prendre un verre aussi.

Il se dirigea vers le bar qui trônait dans la pièce.

— Tiens, dit-il en lui tendant un verre quelques instants plus tard. Je suis content que tu sois venue ce soir, Cathy.

— Moi aussi.

Elle but une longue gorgée, et, alors que le puissant liquide descendait en elle, elle commença à se détendre.

— Pourtant, j'ai failli ne pas le faire.

— Pourquoi ?

— A dire vrai, je ne pensais pas en avoir le courage.

— Mais tu as réussi.

— On peut dire ça. Pourtant, je n'ai pas l'habitude de ce genre de choses, déclara-t-elle avant de boire une nouvelle gorgée de cognac.

Il la regarda d'un air amusé.

— De quoi parles-tu exactement ?

Etait-il en train de lui demander si elle voulait passer la soirée à discuter ou « faire autre chose » ?

— J'ai quelque chose à te montrer, dit-elle.

Prenant une nouvelle gorgée de cognac, elle posa ensuite son verre sur la table basse. Puis, saisissant le bas de son pull, elle le releva avec lenteur, jusqu'à sa poitrine, puis un peu plus haut. Encore un peu plus haut… Et… ouille !

Sa boucle venait de s'accrocher dans son pull et lui tirait l'oreille. Ouille !

Non ! C'était un cauchemar ! Elle rabaissa son pull et tenta de recommencer la manœuvre. Plus haut… encore plus haut… Et… ouille !

Super ! Elle se tenait devant Quinn, le pull levé sur le visage, offrant ses seins à sa vue, incapable de faire un geste de plus.

— Heu… Quinn ?

— Oui ?

Par chance, il ne riait pas.

— Ma boucle d'oreille s'est prise dans mon pull.

— Ne bouge pas.

Il l'aida à écarter le pull de son visage, puis décrocha la boucle d'oreille.

Ce faisant, ses doigts effleurèrent sa nuque. C'était la première fois qu'il la touchait, et même si son geste n'avait eu pour but que de la tirer d'une situation embarrassante, elle ne put s'empêcher de frissonner.

La boucle cessa de tirer sur son oreille, et son pull fut remis en place.

— Merci, dit-elle, le souffle court.

— Je t'en prie.

Voilà, elle se trouvait là, dans l'appartement de cet homme qui l'avait fait tant fantasmer, avec la sensation d'être une véritable idiote. Et, pire que tout, ce n'était pas du désir qu'elle lisait dans les yeux de Quinn, mais juste de la sympathie. Décidément, elle aurait mieux fait de rester chez elle !

— Je crois que je me suis rendue vraiment ridicule, murmura-t-elle.

— On ferait peut-être aussi bien de tout reprendre depuis le début.

— Oui, volontiers.

Autant le laisser prendre les rênes de la situation, et se contenter de discuter toute la soirée.

— Viens, prends ton verre, suggéra Quinn.

— Où allons-nous ?

— Nous allons nous asseoir sur mon lit et discuter tranquillement jusqu'à ce qu'on se sente assez à l'aise pour revenir à l'épisode des sous-vêtements. D'accord ?

— D'accord, répondit-elle en saisissant son verre sur la table basse.

Ils quittèrent le salon, et se dirigèrent vers sa chambre. Après tout, discuter était une bonne solution. De toute façon, question séduction Quinn s'y connaissait bien mieux qu'elle.

Sa chambre était décorée de façon aussi sophistiquée que le reste de l'appartement. Des étagères garnies de livres et de CD s'élevaient jusqu'au plafond. Il n'y avait aucune télévision, et d'ailleurs, elle ne se souvenait pas en avoir vu une dans le salon. Aucun trophée sportif non plus. A l'évidence, il n'était pas comme son frère, passionné de football.

— Nous y voilà, dit-il en allant allumer la lampe du bureau avant de s'asseoir sur le lit, et de lui faire signe de le rejoindre.

Cathy retira ses chaussures et s'assit à côté de lui, moins nerveuse qu'elle ne l'avait été dans le salon. Il arrangea les coussins derrière eux, trinqua avec elle, et ils savourèrent leur cognac. Elle se sentait bien plus à l'aise, maintenant qu'elle n'était plus obligée de le séduire.

Ils discutèrent de tout et de rien pendant un long moment, s'amusant à se poser des questions chacun son tour. Cathy était de plus en plus détendue. Etait-ce l'effet du cognac ? De son regard qui semblait l'envelopper comme une douce caresse chaque fois qu'il se tournait vers elle ?

— Alors, tu es content de partir pour Londres ? demanda-t-elle.

— Je suis ravi.

— Qu'est-ce qui te plaît tant, là-bas ?

— Eh bien, il y a de très bons restaurants à Londres, et d'excellents pubs. De plus, on peut aller très facilement en Ecosse, au pays de Galles ou en Irlande, voire sur le continent. J'ai vécu dans la banlieue de Londres durant un échange scolaire et j'y suis retourné plusieurs fois après cela. Pour moi, cette ville est comme un second foyer.

— Et pourquoi veux-tu y passer une année entière ?

Il regarda autour de lui.

— Parce que, même si j'apprécie mon travail au journal, je commence à avoir l'impression de tourner en rond. Même si les missions que l'on m'assigne me font plaisir, j'ai l'impression que mon travail devient de plus en plus routinier. Je voyage dans des endroits où je ne reste jamais assez longtemps pour bien les connaître, puis, lorsque je rentre chez moi, j'ai à peine le temps de me reconnecter à ma véritable vie que, déjà, je dois repartir. Je veux pouvoir consacrer davantage de temps à la photographie, et me lancer dans un travail plus artistique. En fait, j'aimerais bien pouvoir rester au même endroit plus longtemps. J'en ai assez de faire et défaire mes valises.

— Eh bien !

Elle lui jeta un coup d'œil en coin. Quelle femme aurait pu lui résister ?

— Pour ma part, je ne suis jamais allée nulle part.

— Comment cela ? Tu n'as jamais voyagé ?

— Eh bien, si, je suis allée au Canada, et j'ai passé mes étés dans le Vermont. Je suis aussi partie en croisière dans les Caraïbes et j'ai fait un long voyage en voiture avec mes parents dans l'Ouest, mais…

— Tu vois bien, tu as déjà voyagé.

— Mais… Cela n'a rien d'exotique, et…

— Tu ne trouves pas les Caraïbes exotiques ?

— Ce que je veux dire… La plupart du temps, je suis ici.

— Dans la ville la plus riche d'un point de vue culturel, la plus dynamique, la plus sophistiquée du monde. Tu sais, tu n'as pas à te plaindre.

— Non, mais…

— Pourquoi est-ce que tu te rabaisses ainsi, Cathy ? Tu fais toujours cela au bureau, aussi.

— Ah bon ?

— Oui, tu me dis toujours que tu te contentes de repas très ordinaires, au déjeuner et…

— C'est le cas !

— Et que tu n'es pas aussi sexy que Gwyneth et…

— Elle était mannequin ! Elle est superbe.

— Et que George Clooney ne se retournerait pas sur toi.

— Ça, c'est certain.

— Et comment peux-tu en être si sûre ?

— Eh bien, voyons voir…

Elle termina son verre de cognac, et le posa sur la table de nuit à côté d'elle.

— Il est… As-tu déjà vu cet homme ?

— Oui, mais lui ne t'a jamais vue, alors tu ignores ce qu'il pourrait éprouver en te rencontrant.

— Oh, je t'en prie ! s'exclama-t-elle en levant les yeux au ciel. Je ne suis pas du genre à faire tourner la tête aux hommes.

Il se tourna vers elle.

— A moi, si.

Elle resta bouche bée.

— Oh… Mais…

— Mais, quoi ? Pourquoi t'aurais-je invitée dans mon lit si je n'étais pas attiré par toi ?

— C'était à cause des sous-vêtements.

Elle avait l'impression d'être hypnotisée par ses grands yeux bleus qui, cette fois, semblaient bien refléter le désir qu'il éprouvait pour elle.

— Cela n'a rien à voir avec la lingerie. Tu m'aurais tout autant plu si tu étais venue sans.

— Vraiment ?

— *Surtout*, si tu étais venue sans sous-vêtements, dit-il en la taquinant.

Elle éclata de rire.

— Au fait, où est-ce que tu habites ? demanda-t-il.

— Dans l'un des plus hideux immeubles de Brooklyn, au croisement de la Cinquième Avenue et de la 8e Rue.

— La 8e ? Je connais cette adresse. J'adore cet immeuble. On dirait un château futuriste.

— Heu… Ce n'est pas l'impression que j'ai.

— Regarde-le un peu mieux, lorsque tu rentreras chez toi.

— Si tu le dis.

— Je t'assure, cet immeuble est très beau, insista-t-il en lui donnant un léger coup d'épaule.

Elle garda les yeux rivés sur ses genoux, sentant la nervosité la gagner de nouveau.

— Très bien, je regarderai.

— C'est le genre d'immeuble que l'on n'apprécie pas forcément au premier regard, mais une fois que tu l'as observé à la bonne lumière, en prenant ton temps, tu ne pourras plus t'empêcher d'être fascinée.

Comme c'était curieux. Il lui parlait d'un bâtiment abominable, mais elle avait la curieuse impression qu'il tentait de lui faire comprendre qu'elle était la femme la plus incroyable qu'il ait jamais rencontrée.

— Allez, dit-il alors, à ton tour de me poser une question.

— D'accord.

Elle avait l'impression d'être hypnotisée par son regard, mais cette fois, son cœur ne s'affola pas, et sa timidité commença à s'effacer. Tout était parfait, et tout allait se dérouler à merveille.

— Quelle allure as-tu, quand tu es nu ?

— Je vais te montrer, mais, plus tard, chuchota-t-il.

— Pourquoi plus tard ?

— Parce que..., murmura-t-il en se penchant vers elle, pour l'instant, j'ai juste envie de t'embrasser.

Elle s'approcha de lui... Il posa ses lèvres sur les siennes... Et elle eut soudain l'impression qu'une multitude d'étincelles explosait entre eux.

3

Embrasser Quinn était une expérience des plus divines. Hélas, pour lui, leur baiser semblait n'être qu'un prélude à des choses plus sérieuses. C'était un jeu, où la romance n'avait pas sa place, quelles que soient les prédictions de Mme Cassandra ou de l'horoscope de Melinda.

Comme pour lui prouver qu'elle ne se trompait pas, Quinn s'écarta légèrement et la regarda, non pas d'un air rêveur ou enfiévré par le désir, mais plutôt songeur, comme s'il avait du mal à croire à ce qui était en train d'arriver.

— Qu'est-ce qui ne va pas ? demanda-t-elle.

— Si nous commençons par un baiser aussi torride, j'ai bien peur de ne pas pouvoir résister très longtemps.

Ainsi, elle lui faisait de l'effet ! Sa confiance en elle s'accrut, et, moins d'une minute plus tard, leur baiser se faisait des plus pressants. De nouveau, ils s'écartèrent l'un de l'autre, le souffle court.

— Je crois que j'aimerais bien voir tes sous-vêtements, maintenant, chuchota Quinn.

— Mmm, je crois que cette fois je suis prête.

Cette fois, elle n'oublia pas de retirer ses boucles d'oreilles avant de se lever pour se dévêtir. Bon, autant ne pas penser à toutes les autres femmes qu'il avait dû connaître, des femmes à la silhouette sûrement plus parfaite que la sienne.

Elle retira son pull. Quel dommage de ne pas avoir le cran de lui offrir un spectacle à la Dita von Teese ! Hélas, se déshabiller devant lui nécessitait déjà une bonne dose de courage.

— Tu es superbe ! affirma Quinn.

Après tout, c'était un homme, et elle, une femme en train de se déshabiller avant de s'offrir à lui. De toute évidence, Quinn ne se préoccupait pas de vérifier si elle avait de la cellulite ou non.

Il se déshabilla très vite, signe qu'il n'était pas déçu par le spectacle. Aussitôt, un puissant sentiment de joie l'envahit. Ainsi, elle était capable de plaire à un homme aussi séduisant que lui. Un homme qui se révélait encore plus beau nu que vêtu, au corps superbe, bronzé, et musclé à la perfection.

— Alors, tu aimes mes sous-vêtements ? susurra-t-elle.

— Ça ne se voit pas ? demanda-t-il en désignant,

d'un geste de la main, son sexe qui se dressait sous son caleçon.

— Mmm, si, mais que veux-tu, je suis un peu vaniteuse et ça me fait plaisir de l'entendre.

— Tu n'es pas le moins du monde vaniteuse, mais tu pourrais : tu es absolument magnifique, répondit Quinn en retirant son caleçon et en la fixant. Tu es exactement comme je l'avais imaginé lorsque tu as ouvert ton cadeau au bureau.

— Eh bien, joyeux Noël, et merci.

— Joyeux Noël, Cathy !

Il repoussa l'édredon, se glissa entre les draps et tendit les bras vers elle.

— Si tu venais un peu par ici ?

Elle obtempéra. Comment aurait-elle pu faire autrement, même si, à son grand regret, ils allaient un peu vite en besogne ? Parce que, comme elle le savait, une fois qu'ils auraient tous les deux atteint l'orgasme, tout serait terminé. Alors, elle devrait partir, et remettre pied dans la réalité.

Quinn l'attira à lui et rabattit l'édredon. Elle attendit, nerveuse. Question sexe, la première fois avec un nouvel amant était en général décevante, or, ce soir, elle voulait que tout soit parfait. Oui, elle voulait jouir entre les bras de Quinn, sans qu'il ait besoin de s'évertuer à l'exciter pendant des heures.

Hélas, tout ne dépendait pas d'elle.

Mais au lieu de s'attaquer à ses seins, ou même de lui glisser une main entre les cuisses pour aller droit au but, il s'allongea à côté d'elle et lui caressa le dos, remontant jusqu'à sa nuque, puis descendant jusqu'à sa taille, en de longues et longues caresses.

— Mmm, c'est bon, murmura-t-elle.

Il l'embrassa dans le cou.

— Tu aimes ?

— Oh, oui !

Elle poussa un petit soupir de contentement. C'était tellement plus agréable de se détendre ainsi, plutôt que de se soucier de sa prestation. Elle se blottit contre lui, passa une jambe sur la sienne, et ferma les yeux pour profiter de chacune des sensations qui s'insinuaient en elle, humant son odeur virile, et étreignant son dos musclé.

Elle aurait pu rester ainsi à jamais.

Quinn effleura son dos, puis ses fesses. Avant même de s'en rendre compte, elle poussa un gémissement, tandis qu'il s'aventurait entre ses cuisses, la caressant à travers la dentelle de son string.

— C'est bon ? chuchota-t-il.

— Oui ! Oh, oui !

Il l'embrassa, et leur baiser dura, et dura encore, leurs langues dansant un ballet enfiévré répondant à la frénésie qui s'emparait d'eux.

Mon Dieu ! C'était si bon qu'elle avait la sensation

qu'elle allait jouir sur-le-champ ! Mais non, c'était trop tôt, bien trop tôt ! Elle devait se retenir. Si elle s'abandonnait maintenant, elle savait qu'elle ne serait plus capable d'atteindre l'orgasme une autre fois, et Quinn serait déçu qu'elle ne jouisse pas en même temps que lui, plus tard, lorsqu'il la pénétrerait. Oui, elle devait absolument…

Elle rompit leur baiser.

— Quinn…

— Oui ?

— Tu vas trop vite pour moi. Si tu continues ainsi, j'aurais joui avant même que nous n'ayons commencé…

— Tu étais sur le point de jouir ?

Elle ferma les yeux et hocha la tête.

— Désolée.

— Désolée ?

Il écarta son string et glissa deux doigts en elle. Aussitôt, elle poussa un cri de plaisir, se cambrant pour le prendre plus profond en elle encore. Son pouce se posa sur son clitoris, qu'il caressa tout en continuant à faire aller et venir ses doigts en elle. C'était divin ! Elle haletait, se déhanchait sous ses caresses, enivrée de plaisir.

— De quoi es-tu désolée ? demanda Quinn.

Elle avait du mal à se concentrer.

— Je ne veux pas tout gâcher. Je veux dire…

— Tout gâcher ? répéta-t-il en la regardant d'un air

incrédule. Bon sang, Cathy, on dirait que tes ex-amants étaient de véritables abrutis !

Elle se sentit stupide.

— Je… Mon ex-petit ami voulait que je jouisse en même temps que lui, jamais avant.

— Oublie toutes ces bêtises. Moi, je veux te voir jouir. Maintenant !

Elle se crispa aussitôt. Oh non ! A présent, il voulait qu'elle s'abandonne, mais elle s'en sentait incapable…

Il se pencha vers elle, et l'embrassa avec douceur.

— Cesse de réfléchir et laisse-toi aller.

— D'accord.

Elle ferma les yeux, se concentrant sur ses caresses, sur sa main entre ses cuisses, mais son excitation diminua soudain, et plus elle diminuait, plus elle paniquait. C'était un cercle vicieux, vraiment horrible ! Oui, cette fois, elle était bien en train de tout gâcher.

— Quinn, fais-moi l'amour, demanda-t-elle en ouvrant les yeux.

Peut-être parviendrait-elle enfin à se laisser aller.

— Tu es sûre ?

Elle hocha la tête.

— Dans ce cas, avec plaisir.

Parfait. Elle se débarrassa de ses sous-vêtements pendant qu'il attrapait un préservatif dans le tiroir de la table de nuit, et l'enfilait sur son sexe.

— Tu veux que je continue à te caresser un peu ? demanda-t-il.

— Non, je suis prête.

C'était si étrange d'être au lit avec un homme qui semblait se soucier autant de son plaisir. Et qui, de plus, était tout à fait à l'aise pour en discuter.

A demi dressé au-dessus d'elle, se retenant sur ses avant-bras, il la pénétra avec douceur. Mmm, c'était si bon ! Il l'observa et elle se força à soutenir son regard de longues secondes, submergée de joie par l'intimité qui les unissait.

Quinn commença à aller et venir en elle avec lenteur.

— C'est bon ? C'est comme ça que tu aimes ?

— Oui, c'est parfait.

De quelle façon préférait-elle qu'il s'y prenne ? Comme il voudrait !

S'enhardissant, elle cambra les hanches, tentant de s'accorder à son rythme.

Mon Dieu ! Pourvu qu'elle soit capable de jouir !

Bon sang ! Pourquoi devait-elle toujours se soucier de son plaisir ? Pourquoi ne parvenait-elle pas à se détendre ?

— Qu'est-ce qui se passe, Cathy ? Qu'est-ce qui te perturbe ?

— Rien, c'est juste que…

— Dis-moi.

Elle déglutit. Jamais elle n'avait fait l'amour de

cette façon. Soudain, elle eut envie de lui faire part de toutes ses frayeurs.

— En fait… J'ai peur de ne pas être capable de jouir.

Elle ricana pour montrer qu'elle savait qu'elle était ridicule.

— Tout à l'heure, tu avais peur de jouir trop vite, maintenant tu redoutes de ne pas en être capable ?

— Je sais, c'est stupide de s'inquiéter autant.

— Dans ce cas, ne le fais pas.

— Oui, mais…

Il se pencha pour l'embrasser, puis se redressa.

— Il n'y a rien de grave si tu ne jouis pas dans la seconde.

— Tu ne veux pas que…

Elle le regarda d'un air stupéfait. Chacun de ses anciens amants aurait pris comme une offense directe le fait qu'elle ne jouisse pas, et elle s'était toujours efforcée de leur faire croire qu'elle passait un bon moment.

— Ça ne te dérange pas ? insista-t-elle.

— Cathy, est-ce que tu aimes ce que nous faisons ?

— Oui, c'est fantastique.

— Eh bien, c'est tout ce qui m'importe, et il devrait en aller de même pour toi. Personne n'est là pour nous juger, ou nous donner de bons ou mauvais points. Il n'y a que toi et moi en train de vivre une délicieuse soirée.

Elle cilla. Quinn était encore plus incroyable dans la réalité que dans ses fantasmes.

— Merci, chuchota-t-elle.

— Détends-toi.

Elle obéit, l'embrassant, se concentrant sur son sexe qui la pénétrait, sur la douceur de sa peau et de ses lèvres. Oui, elle aurait pu rester allongée ainsi entre ses bras à jamais. Elle voulait que ce moment de plaisir continue, et continue encore…

Sauf que Quinn roula soudain sur le côté et se retira d'elle.

Qu'est-ce que… ?

Avant qu'elle ne se mette à paniquer, il la pénétra de nouveau, allongé sur le côté.

Mmm.

Baissant les yeux, il regardait son sexe entrer et sortir d'elle, et lui caressait le pubis.

— Caresse-toi, si tu en as envie, susurra-t-il.

Elle hésita, surprise par sa proposition. Se caresser ? Devant lui ? Cela ne le dérangeait pas ? Il ne s'attendait pas à ce qu'elle soit capable de jouir juste parce qu'il la pénétrait ?

Personne n'est là pour nous juger. A l'évidence, elle s'en était trop remise au jugement de ses anciens partenaires.

Bon, puisqu'il le lui suggérait… Elle insinua sa main entre ses cuisses, et commença à se caresser.

— Mmm, oui, comme ça ! dit Quinn, le souffle rauque. C'est tellement sexy de te regarder ainsi !

Ses paroles l'excitèrent. Elle se caressa plus fort, plus vite, alors qu'il la pénétrait de plus belle, le souffle toujours plus court. Il la rendait folle, et elle sentit soudain l'orgasme la gagner.

Oh, oui ! Quinn avait su l'aider à se libérer, et le plaisir reprenait enfin ses droits.

— Je vais… jouir, chuchota-t-elle.

Quinn émit un gémissement et agrippa ses hanches, la fixant. Son orgasme eut la force d'un ouragan, elle haleta et gémit, laissant les vagues de plaisir déferler sur elle. Quinn ferma les yeux un bref instant, et s'abandonna à son tour. Le voir jouir accrut son plaisir de plus belle jusqu'à ce que la tempête en elle se calme enfin, la laissant ravie et comblée.

Quinn lui effleura la joue, puis ses doigts s'attardèrent sous son menton. Et elle sentit son cœur faire un bond dans sa poitrine.

Oh, mon Dieu ! Elle était amoureuse de lui. Même si cette émotion n'était due qu'à un fantasme qui venait de se concrétiser, même si elle ne dura qu'un bref instant, elle était si forte et si intense qu'il était impossible de la confondre avec une autre.

Elle sourit pour ne pas pleurer, se concentrant sur ce merveilleux moment qu'ils venaient de partager, afin de ne pas penser à l'avenir, au fait qu'elle allait devoir s'en aller et que tout serait terminé entre eux.

Quinn lui avait offert bien plus qu'un simple ensemble de lingerie.

— Cathy.

— Oui ?

Il l'embrassa avec une telle douceur qu'elle crut que son cœur allait se rompre en mille morceaux.

— Je suis ravi que tu sois venue ici, ce soir.

— Moi aussi.

De nouveau, elle sourit pour cacher la peine qui lui étreignait le cœur.

Content que tu sois venue, bébé. On a passé un bon moment... Merci et salut.

Cathy appuya son visage contre la vitre du taxi. Voilà, elle l'avait fait. Pas de la façon dont elle l'avait envisagé, sans se montrer audacieuse ni sexy, ni faire un fabuleux strip-tease, mais quoi qu'il en soit, elle l'avait fait ! Elle avait enfilé cet ensemble de lingerie sexy, s'était rendue à son appartement et avait couché avec lui.

Quinn. Entre eux, tout avait été fabuleux, aussi bien la première fois que les suivantes. Entre deux épisodes torrides, ils avaient discuté, s'étaient endormis, puis réveillés pour discuter encore et faire de nouveau l'amour. Elle avait même eu un deuxième orgasme.

Belle victoire ! Elle pouvait se sentir comblée, et avoir confiance en elle.

Pourtant, ce n'était pas le cas. Elle se sentait seule et désespérée, et tout ce qu'elle aurait voulu, c'était retourner chez Quinn, se blottir dans le lit contre lui et passer ainsi chacune des minutes qui lui restaient à séjourner sur le sol américain. Cela lui ressemblait bien ! Qu'est-ce qui lui avait fait croire qu'elle aurait pu avoir une aventure purement sexuelle ? Dire qu'elle s'était imaginé être amoureuse de lui juste après quelques heures passées ensemble ! Jamais elle n'avait été capable de séparer le sexe de ses sentiments, et à l'évidence elle ne l'était toujours pas.

Si Quinn s'était comporté comme un macho, il lui aurait été plus facile de le quitter. Elle ne s'était pas attendue à ce qu'il soit aussi gentil. Il avait l'air de l'apprécier, mais après tout, il devait apprécier toutes les femmes avec lesquelles il couchait, non ?

A quoi bon se bercer d'illusions ? Il avait eu envie de s'offrir une aventure avec elle, et il y était parvenu, durant ces quelques heures du week-end. Mardi matin, il quitterait le pays. Fin de l'histoire.

Elle regarda sans les voir les divers bâtiments qui défilaient sous ses yeux, tandis que le taxi l'entraînait vers Brooklyn. Quinn avait-il semblé émettre quelques regrets concernant son départ ? Certes, il lui avait proposé de passer la nuit chez lui, mais sûrement par pure politesse. Elle préférait éviter de se réveiller à ses côtés, voire de prendre le petit déjeuner avec lui, comme un véritable couple, alors qu'ils n'avaient partagé qu'une nuit de passion.

Autant rompre tout de suite, alors que le moment était encore parfait, que leurs corps réclamaient plus de caresses, et qu'elle pouvait s'octroyer le luxe de croire que Quinn regrettait qu'elle s'en aille déjà.

De plus, oh mon Dieu ! Elle avait rendez-vous avec Jack pour un brunch dans quelques heures.

Elle ferma les yeux un bref instant. Elle songerait à Jack quand elle aurait dormi un peu. Pour l'instant, elle voulait revivre chacune des secondes merveilleuses qu'elle venait de passer avec cet homme parfait.

Le taxi s'arrêta devant son immeuble, qui, à sa grande déception, avait l'air toujours aussi moche que quand elle était partie, même s'il faisait trop sombre pour l'examiner à bon escient. Elle paya le chauffeur, puis pénétra dans le bâtiment et prit l'ascenseur jusqu'à son appartement. Une fois devant sa porte, elle fouilla dans son sac à la recherche de ses clés, hésitant à entrer. Pénétrer chez elle signifiait que l'aventure était bel et bien terminée. Elle était de retour dans son quotidien, qui…

Un bruit derrière elle la fit sursauter. La porte de Jack s'ouvrit. Oh mon Dieu, non, pas lui ! Pas déjà !

— Cathy ? demanda-t-il d'une voix ensommeillée.

Elle remarqua qu'il était toujours vêtu.

— Jack ? Qu'est-ce que tu fais encore debout ?

— Je me suis endormi en t'attendant.

En l'attendant ? Comment cela ? Il se faisait du souci parce qu'elle n'était pas rentrée plus tôt ? Ou bien était-il du genre possessif, à vouloir contrôler toutes ses sorties à n'importe quelle heure du jour et de la nuit ?

Jack se frotta les yeux un instant, puis la fixa.

— Eh bien… J'espérais que tu te déciderais à venir. Mais à l'évidence, tu avais d'autres plans pour la soirée, n'est-ce pas ?

— Je croyais que… Nous devons bien prendre le brunch ensemble tout à l'heure, n'est-ce pas ?

Avait-elle raté un épisode ?

— Je sais, je sais, mais je croyais…

Elle le regarda sans comprendre.

— Qu'est-ce que tu pensais ?

— Eh bien… Je t'ai invitée.

— Tu… m'as invitée ?

Croyait-il que : « j'espère te voir avant demain » était une invitation ?

— Tu as bien reçu mon cadeau à ton bureau, hier ? insista-t-il.

— Pardon ?

La situation était des plus surréalistes.

— A mon bureau ? répéta-t-elle.

— Les sous-vêtements rouges. Glenda m'a dit que tu avais ouvert le paquet.

Stupéfaite, elle lâcha son trousseau de clés qui tomba par terre. Les sous-vêtements ?

— Bon, déclara Jack en se passant une main dans les cheveux, je sais que j'ai un peu exagéré. C'était beaucoup trop tôt, mais je… Ecoute, je ne suis qu'un homme, et lorsque j'ai vu ces sous-vêtements en vitrine, j'ai tout de suite pensé à toi… Et je n'ai pu m'empêcher de te les offrir. J'ai bien peur d'avoir tout fichu en l'air entre nous. Je suis désolé, Cathy.

Décidément, toute cette histoire était dingue !

— Les sous-vêtements… c'était un cadeau… de ta part…

— Oui.

A présent, il la regardait d'un air intrigué.

— J'ai appelé ton bureau, et j'ai discuté avec Glenda qui m'a aidé à organiser cette surprise. J'ai déposé mon cadeau jeudi soir, après que tu as quitté le bureau. Tu n'as pas lu ma carte ?

— Elle était signée « devine qui ».

Mon Dieu, quelle débâcle !

— Je… Mes initiales étaient sur l'enveloppe, dit Jack. En grosses lettres noires.

— Je n'ai pas vu l'enveloppe…

Surprise de recevoir un tel cadeau au bureau ? Tu ne devrais pas. La nécessité pousse parfois l'homme à se dépasser, et j'aimerais apprendre à te connaître mieux. Tu l'as certainement compris après tous les signaux que je t'ai envoyés ces derniers temps. Viens ce soir, à vingt heures. Je n'ai pas besoin de t'indiquer l'adresse. Que tu choisisses de porter cet ensemble ou pas, que tu décides que nous passions la soirée à discuter ou à faire bien autre chose, je t'attendrai. Ton admirateur secret.

Oh, mon Dieu ! Oh, mon Dieu ! Oh, mon Dieu !

Jack la regarda d'un air suspicieux.

— De qui pensais-tu que ce cadeau venait ?

— De… quelqu'un d'autre.

Quelle idiote ! Quinn n'avait pas passé la semaine à flirter avec elle parce qu'il la désirait. Il ne faisait que se divertir ! Et hier soir, alors qu'il se préparait à empaqueter ses affaires pour son voyage, une collègue, qu'il connaissait à peine et qu'il n'avait nullement encouragée, était venue frapper à sa porte pour s'offrir à lui !

Oh, non ! Oh, non !

Elle se rappela le visage de Quinn, lorsqu'il l'avait contemplée après le premier désastre des boucles d'oreilles, ce qui, vu les nouveaux développements, était encore plus mortifiant. Non, il ne l'avait pas observée avec désir, mais juste avec sympathie.

Quelle horreur !

Elle sentit son visage s'embraser, et crut qu'elle allait

avoir la nausée. Des larmes d'humiliation lui brûlèrent les yeux. La situation était des plus humiliantes.

Les sous-vêtements lui avaient été offerts par Jack.

Et elle s'était jetée dans le lit du mauvais homme !

4

Debout devant son immeuble, Quinn regarda le taxi de Cathy s'éloigner. Eh bien ! Dire qu'il avait prévu de passer la soirée à faire ses cartons, et à emballer des cadeaux de Noël pour sa famille.

Au lieu de cela, il avait eu droit à une surprise des plus inattendues !

Le taxi tourna au coin de sa rue, et il se détourna, prenant soudain conscience du froid. Une fois de retour dans le hall du bâtiment, il grimpa les escaliers jusqu'au troisième étage.

Jamais dans ses rêves les plus fous il n'aurait cru que quelques discussions et un clin d'œil échangé avec Cathy auraient conduit à un épisode aussi sexy. Certes, il était attiré par elle, quel homme ne le serait pas ? Elle était jolie, intelligente, et faisait un travail fabuleux au bureau. Mais jamais il ne se serait attendu à ce que Cathy prenne une telle initiative.

Non, jamais !

Cathy était fascinante ! Au bureau, lorsqu'elle avait déballé son cadeau et découvert la lingerie, elle avait semblé mortifiée. Puis, quelques heures plus tard, elle avait surgi sur son seuil, désirant clairement s'offrir à lui, tout en reconnaissant qu'elle ne s'était jamais comportée avec autant d'audace. Ensuite, sa timidité avait repris le dessus, les conduisant à une franche camaraderie… qui les avait entraînés ailleurs.

Une fois revenu dans son appartement, il referma la porte derrière lui. Bien qu'ils n'aient jamais été intimes auparavant, ces moments passés avec Cathy avaient été exceptionnels. En temps ordinaire, lors d'une première fois avec une partenaire, il y avait toujours une certaine pression à faire bon effet, ou à comprendre immédiatement ce qui plaisait à l'autre. Avec Cathy, au contraire, tout s'était déroulé comme si leurs corps se connaissaient parfaitement.

Il avait beau être épuisé, il savait qu'il ne pourrait trouver le sommeil, mais se dirigea tout de même vers sa chambre. De longues journées l'attendaient et il devait essayer de se reposer un peu. Pourtant, malgré la fatigue, il avait l'impression d'être parcouru par une vague d'adrénaline. Peut-être téléphonerait-il à Cathy dans un moment, pour vérifier qu'elle était bien rentrée chez elle. Peut-être pourrait-il l'inviter à prendre le petit déjeuner avec lui, un peu plus tard, ou bien à dîner ?

Il se passa une main sur les yeux et se frotta la nuque. Que faire, à présent ? On était samedi, de très bonne heure. Demain, dimanche, c'était le jour de Noël, et tous deux avaient des obligations familiales. Mardi, il serait parti. Alors, quoi ?

Debout à côté de son lit, il se pencha et saisit les couvertures, essayant de retrouver le délicieux parfum de Cathy entre les draps froissés. Soudain, un petit éclat de métal attira son regard vers la table de nuit, et en se tournant il remarqua les boucles d'oreilles de Cathy, des petites feuilles d'argent montées sur une chaînette.

Lorsqu'elle était arrivée chez lui, il avait tout d'abord songé que Cathy venait lui rendre une visite amicale. Rien ne l'avait préparé à la voir debout dans son salon, nerveuse, s'apprêtant à retirer son pull. En la voyant faire, il avait été réduit au silence, puis avait désespérément cherché les mots qui auraient pu l'empêcher de continuer, et le sortir de cette délicate situation sans la blesser.

Depuis qu'il était adulte, maintes femmes avaient tenté de le séduire. Il en avait repoussé une grande majorité. Sa réputation de Don Juan était infondée. Non, il n'était pas du genre à collectionner les femmes. En fait, plus on apprenait à connaître une personne, une femme en l'occurrence, plus l'affection partagée était profonde, meilleurs étaient les moments passés au lit. A dire vrai, la plupart du temps, il trouvait que, sur le plan de l'amitié, les femmes étaient plus agréables que les hommes. Ainsi étaient nées les rumeurs le faisant passer pour un Don Juan, rumeurs qu'il n'avait ni le temps ni l'énergie de combattre. Les gens pouvaient bien penser ce qu'ils voulaient. Ses proches, eux, connaissaient la vérité.

Il joua avec la boucle d'oreille entre ses doigts, admirant la délicatesse du motif.

Oui, il avait d'abord pensé qu'après avoir bu un verre et plaisanté, il allait trouver une excuse pour mettre Cathy dans un taxi avant que les choses n'aillent plus loin.

Seulement, *les choses* ne s'étaient finalement pas passées ainsi.

Tout d'abord, elle lui avait offert le charmant spectacle de sa superbe poitrine prisonnière de la dentelle rouge, et cette vision était encore plus ravissante qu'il ne l'avait imaginé. Il aurait pu se conduire en gentleman et l'inciter à rentrer chez elle, si son pull ne s'était pas subitement coincé dans sa boucle d'oreille, et si Cathy n'avait pas eu l'air aussi troublée.

Elle avait un corps superbe, mais sa façon de se déprécier lui avait donné envie de la protéger, tout en déclenchant un puissant désir en lui. Oui, il avait eu envie de lui faire l'amour, d'autant plus qu'il s'était vite rendu compte qu'elle n'avait jamais eu de partenaires à sa hauteur.

Par-dessus tout, il avait eu envie de bavarder avec elle, de l'écouter parler, et de comprendre d'où lui venait l'idée qu'elle était tout à fait quelconque.

Les moments torrides avaient été formidables, et pourraient l'être plus encore s'ils avaient l'opportunité d'en vivre d'autres, et déjà il savait que leurs conversations resteraient pendant longtemps gravées dans sa mémoire.

Il eut un rire contrit et secoua la tête. Non, mais, écoutez-le un peu ! Il ferait mieux de se concentrer sur son avenir. Oui, autant appeler John, un ancien collègue de *Connaisseur* qui avait émigré à Londres, et vérifier qu'il n'y avait aucun détail de dernière minute à mettre au point concernant l'atelier qu'ils avaient loué. Le simple fait d'entendre la voix de son ami lui remettrait les pieds sur terre et lui rappellerait ce qu'il s'apprêtait à accomplir durant l'année à venir : gagner ses galons de photographe, et développer son travail artistique.

John décrocha à la seconde sonnerie.

— Qu'est-ce que tu fais encore debout à cette heure ?

— Je ne pouvais pas dormir. Comment ça va, à Londres ?

— Super ! Alors, tu arrives toujours mardi ?

— Oui, notre studio est prêt ?

— Les peintures sont terminées. Il ne manque plus que toi, mec !

Ils discutèrent un petit moment de tous leurs projets, puis Quinn mit un terme à la conversation, se sentant vaguement déprimé.

Le fait d'évoquer Londres ne l'avait pas aidé à oublier Cathy comme il l'avait espéré. Non seulement son absence se faisait cruellement sentir dans cet appartement où il avait vécu durant huit ans, alors qu'elle n'y avait passé que quelques heures, mais son départ pour Londres, pourtant prévu depuis longtemps et qui devait lui permettre de faire décoller sa carrière, lui paraissait soudain prématuré.

Comment diable Cathy pouvait-elle lui faire autant d'effet en si peu de temps ? Et qu'adviendrait-il s'il avait la possibilité de passer un peu plus de temps avec elle avant son départ ? Après tout, ses sentiments n'étaient peut-être que le résultat d'une nuit fabuleuse et d'une alchimie exceptionnelle. Qui sait, s'ils se revoyaient, peut-être auraient-ils de nouveau l'impression d'être redevenus deux étrangers.

Ou peut-être pas.

Le fait de voyager aussi souvent pour son travail rendait toujours ses relations à long terme difficiles. Il n'avait eu que trois petites amies durant ces cinq dernières années, et ces relations, pourtant très agréables, n'avaient duré que quelques mois. Il avait toujours eu la sensation qu'il manquait un certain quelque chose à ses relations, une petite étincelle qu'il n'avait jamais ressentie. Parfois, il avait l'impression d'être un incurable romantique condamné à être déçu tant il plaçait la barre haut.

Pourtant, tout avait été si merveilleux avec Cathy.

Il leva la boucle d'oreille en argent devant lui, et la regarda luire à la lueur de sa lampe de chevet. Il devrait téléphoner à Cathy pour lui dire que ses boucles se trouvaient là, mais il allait lui laisser un peu de temps pour dormir. D'ailleurs, il ferait bien de se coucher, lui aussi.

En tout cas, une chose était sûre : quelle que soit la personne qui avait offert cet ensemble de lingerie à Cathy, il lui en était plus que reconnaissant. Et, par-dessus tout, il espérait qu'elle ne prévoyait pas de le porter avec un autre homme que lui.

— Nous avons donc préconisé le licenciement de sept cadres supérieurs, déclara Jack. Par contre, tous les autres employés plus bas dans l'échelle ont pu conserver leur poste.

Cathy posa sa fourchette, incapable d'avaler une bouchée de plus de sa frittata aux asperges. Non que la nourriture ne soit excellente, au Sweetwater Restaurant où elle se trouvait avec Jack, mais malgré tous ses efforts, elle ne pouvait s'empêcher de songer à Quinn. Elle était à la fois étourdie par les souvenirs de leur nuit torride, et mortifiée à l'idée que Quinn ne l'avait entraînée au lit que pour éviter de la blesser en refusant ses avances.

Inutile de se torturer ainsi ! Ce qui était fait était fait, comme sa mère aimait à le dire. Quinn quittait bientôt le pays, il s'était montré adorable, et, au bout du compte, il ne devait pas trop se plaindre qu'elle se soit trompée. Ce qu'elle voulait désormais, c'était oublier toute cette histoire et se concentrer sur le pauvre Jack, qui faisait de son mieux pour lui faire passer un excellent moment.

— Je parie que la direction de cette société n'a pas été ravie que vous recommandiez de licencier des cadres supérieurs.

— Non, répondit Jack avant de terminer son café et de faire signe à la serveuse de lui en apporter un autre. Non, personne n'était ravi, mais lorsqu'une société engage des consultants en management, c'est que ses dirigeants ont besoin d'une opinion extérieure. Nous leur avons dit ce que nous pensions, et nous avions raison.

Cathy s'essuya la bouche avec sa serviette, essayant d'avoir l'air fascinée par la discussion, et honteuse de ne pas l'être. Jack était un homme adorable, drôle, intelligent, séduisant, le plus charmant qu'elle ait rencontré depuis des mois, mais elle était incapable de se concentrer sur l'instant présent. Elle ne cessait de se revoir dans l'appartement de Quinn, se remémorait ses mains chaudes sur elle, caressant ses seins, son ventre, ses cuisses… Quelles visions troublantes ! Que n'avaient-ils pas fait durant ces quelques heures !

Bon, ça suffisait ! Quinn, lui, devait déjà avoir oublié ce qu'ils avaient vécu ensemble. A moins, pire, qu'il ne soit en train de se moquer d'elle.

— La direction a donc suivi vos recommandations ? demanda-t-elle.

— Oh, oui ! Ses membres ont écouté nos conseils et leurs profits ont enfin retrouvé une courbe ascendante, tout comme nous l'avions prédit.

— C'est formidable !

Elle essayait d'avoir l'air sincère, même si toute cette histoire ne l'intéressait guère. Pourtant, en temps ordinaire elle était capable d'empathie, mais discuter avec Jack n'avait rien à voir avec…

Arrête ça tout de suite ! Elle devait oublier Quinn, et sur-le-champ ! Sinon, elle se préparait de longues nuits sans dormir.

Elle tenta de se concentrer de nouveau sur Jack, sur ses beaux cheveux bruns bouclés, ses grands yeux sombres, sur sa façon de bouger les mains lorsqu'il parlait et sur l'énergie, la confiance et le sex-appeal qui émanaient de lui.

— Bon, assez discuté de mon travail, déclara Jack. Ce n'est guère intéressant. Melinda m'a parlé de ta soirée.

— Ah bon ?

— Oui, je lui demandais ce que tu aimais faire durant ton temps libre, et elle m'a dit que tu lisais beaucoup. Et aussi, que tu aimais tricoter.

Super ! Avec ça, elle devait avoir l'air d'être la femme la plus fascinante du monde ! Une femme avec laquelle Quinn mourrait d'envie de passer ses jours et ses nuits !

Pourtant, Melinda avait dit vrai, et allait-elle enfin cesser de penser à Quinn ?

— Oui, j'avais l'habitude de tricoter lorsque j'étais adolescente, et j'ai recommencé il y a quelques mois.

— Qu'est-ce que tu tricotes ?

— Oh, juste un pull, mais le modèle est très compliqué, alors j'avance lentement, mais ça ne me dérange pas, vu que je déteste regarder la télé ou écouter de la musique sans faire autre chose.

Mon Dieu ! A l'évidence Jack faisait tout son possible pour apprendre à mieux la connaître, mais il ne pouvait tout de même pas être intéressé par ses histoires de tricot, si ?

— Quel genre de musique aimes-tu ? Moi, j'écoute beaucoup de jazz, mais aussi du hip-hop, et du rock indépendant.

— Mes goûts sont plus ordinaires. Du rock, de bons vieux tubes…

— Hé ! Il n'y a aucun mal à écouter de la musique très ordinaire, surtout de bons morceaux.

— C'est vrai.

Elle esquissa un sourire, mais sans s'en rendre compte, Jack avait touché un point sensible. Ordinaire. Voilà qui décrivait bien sa personnalité. Comment un homme tel que Quinn aurait-il pu s'intéresser à elle ?

— As-tu déjà entendu parler des Arctic Monkeys ? demanda Jack. Je crois que tu les aimerais bien.

— Melinda les adore. Elle écoute sans cesse leur CD.

Alors qu'elle détestait cette musique. Elle but une nouvelle gorgée de café. La fatigue l'envahit soudain. Que n'aurait-elle donné pour rentrer tout de suite chez elle et se jeter dans son lit !

Jack continua à évoquer divers groupes de musique, puis des émissions télévisées, et lui raconta les derniers films qu'il avait vus au cinéma. Elle réussit à discuter et à rire pendant encore une bonne demi-heure, puis songea qu'elle pouvait à présent mettre un terme à ce rendez-vous sans froisser la susceptibilité de Jack. Le pauvre n'était pour rien dans son manque d'enthousiasme, mais ce n'était pas le bon jour pour apprendre à le connaître mieux. Elle était beaucoup trop épuisée à la fois physiquement et émotionnellement.

Une fois sur le palier qui séparait leur appartement, elle s'apprêta à dire au revoir à Jack.

— Au fait, j'ai ce CD dont je t'ai parlé, dit-il. Je ne crois pas que Melinda l'ait. Je vais te l'apporter.

— D'accord, acquiesça-t-elle, incapable d'esquisser un sourire. Je vais laisser la porte ouverte.

Une fois à l'intérieur de son appartement, elle ne put s'empêcher de jeter un coup d'œil à son répondeur. Hélas, la machine n'affichait aucun message. Evidemment ! Pourquoi espérer que Quinn l'appelle ?

Elle devait l'oublier. Une bonne nuit de sommeil et une journée passée à fêter Noël en famille seraient un bon remède.

Enfin, espérons.

Jack frappa un coup léger à la porte ouverte, puis entra, un CD à la main.

— Voilà, je l'ai trouvé !

Elle prit le disque et le remercia. S'attendait-il à ce qu'elle l'écoute maintenant ? Ce serait sympa que Jack et elle aiment le même genre de musique. Certes, ce n'était qu'un détail, mais… Quelle musique aimait Quinn ? Oh, mon Dieu ! Elle devait vraiment, *vraiment* cesser de penser à lui.

Si seulement Jack pouvait rentrer chez lui !

Mais à sa grande horreur, elle se rendit compte qu'il s'avançait, et tendait la main vers elle… semblant prêt à l'embrasser.

Non ! Embrasser Jack serait une pure hérésie ! Par contre si Quinn… Oh ! Au diable Quinn ! Elle ne lui appartenait pas ! Pourtant, hier, quand Quinn l'avait embrassée, elle n'avait pensé à rien d'autre qu'aux délicieuses sensations qui l'avaient envahie. Or, en cet instant, alors qu'elle était en train d'embrasser Jack, ou plus exactement d'être embrassée par lui, elle ne pouvait s'empêcher d'analyser cette curieuse situation.

Elle s'écarta, et un horrible silence s'installa entre eux. Hélas, Jack se pencha de nouveau vers elle.

Oh, non !

Le téléphone sonna.

— Je… Je ferais mieux de répondre.

Elle se détourna et décrocha.

— Allô ?

— Cathy ?

La voix était profonde et virile, et elle la reconnut aussitôt. Déjà, son cœur se mettait à battre la chamade.

Oh, mon Dieu ! C'était incroyable !

Hélas, comment pourrait-elle réagir normalement avec Quinn à un bout du fil, et le pauvre Jack se tenant juste à côté d'elle ?

— Est-ce que je peux te rappeler ? demanda-t-elle.

— Oui, si tu le fais très vite.

— Je te rappelle dans quelques instants, dit-elle avant de raccrocher.

Prenant une profonde respiration, elle se retourna et fit un sourire d'excuses à Jack.

— Désolée.

— Si j'ai bien compris, tu dois rappeler très vite.

— Heu… Oui.

Elle avait l'impression de lui devoir une explication, mais que pouvait-elle dire ? « Désolée, il faut que tu t'en ailles, je dois discuter avec l'homme avec lequel je viens de passer la nuit la plus torride de toute mon existence » ?

— Je suis désolée. C'est… Je…

— Ne t'inquiète pas, pas de problème. Quoi qu'il en soit, j'ai beaucoup apprécié notre rendez-vous, Cathy.

— Oh ! Moi aussi. Merci pour ce brunch.

Jack se dirigea vers la porte.

— J'espère que nous aurons l'occasion de recommencer, suggéra-t-il.

— Oh, oui, moi aussi.

Elle était sincère. Quinn était peut-être l'un de ses plus beaux fantasmes, mais Jack représentait un quotidien rassurant. De toute façon, demain, elle passerait la journée de Noël en famille, et à son retour, elle verrait peut-être plus clair en elle.

La porte se referma derrière Jack. Cathy se dirigea vers le téléphone, prit une profonde inspiration et pressa le bouton de rappel automatique.

Quinn répondit à la première sonnerie.

— Salut, Cathy, merci de me rappeler.

— Je t'en prie. Ton appel avait l'air urgent.

— C'est le cas.

— Que se passe-t-il ?

Quinn eut un petit rire.

— J'ai juste un besoin impérial de te revoir très vite.

Elle resta bouche bée quelques secondes.

— Vraiment ? Je veux dire, tu pars bientôt et…

— Justement. Autant se revoir tout de suite, passer l'après-midi ensemble, et même la nuit. Toute la nuit. Et aussi demain, jusqu'à ce que nous partions voir nos familles.

— Quinn…

Elle se mit à rire, incapable de s'en empêcher. Quinn voulait la revoir ? Comment tout ceci était-il arrivé ?

A croire que ce fabuleux ensemble de dentelle rouge lui avait donné bien des pouvoirs.

— Tu veux bien me retrouver à l'hôtel Peninsula, sur la Cinquième Avenue, dans une heure, pour boire une coupe de champagne ?

Alors, c'était donc cela qu'il avait en tête ? Passer les prochaines vingt-quatre heures au lit avec elle avant de lui dire adieu ?

— Cathy ?

— Oui, je t'écoute. Je…

— Tu ne veux pas venir ? Tu as d'autres projets ?

— Non, je… Je suis juste surprise. Je ne m'attendais pas à ce que l'on se revoie.

Il y eut soudain un silence à l'autre bout du fil.

— Oh, désolé. Je croyais que nous avions partagé un peu plus que du sexe, hier soir, dit Quinn d'une voix neutre.

— Vraiment ?

— Ecoute, ne t'en fais pas. C'est toi qui as raison. Après tout, ce n'est qu'une aventure d'une nuit. Il me semblait juste que nous avions établi une autre sorte de lien, mais ce n'est pas grave. Passe un bon Noël, Cathy. Peut-être que je…

— Non, attends ! Moi aussi, j'ai la sensation d'avoir établi un lien avec toi, mais je ne pensais pas que tu le ressentais aussi.

— Pourquoi ?

— Parce que tu… as beaucoup de petites amies.

— Quelles petites amies ?

— Sandra a dit…

Quinn laissa échapper un soupir exaspéré.

— Sandra ne me connaît pas ! Que veux-tu que je lui réponde lorsqu'elle prétend que j'ai une petite amie dans chaque ville ? Que, selon moi, le sexe n'a sa place que dans une relation très forte fondée sur des liens émotionnels ?

Cathy se mit à rire.

— J'aimerais beaucoup voir la tête qu'elle ferait si tu lui répondais de la sorte.

— Moi aussi, en fait. Bon, c'était ta seule réticence, j'espère.

— Heu…

— Quoi d'autre ?

— Eh bien… A côté de toi, je suis très… ordinaire.

Elle grimaça. Même à ses propres oreilles, ses propos semblaient pathétiques.

— Cathy ! A mes yeux, tu es fascinante, et je te préviens, si tu continues à te déprécier ainsi, tu auras droit à une fessée, lors de nos retrouvailles !

— Mmm, c'est une promesse ?

Il se mit à rire.

— Quinn, je dois t'avouer quelque chose.

— Quoi ? Tu es une adepte des pratiques SM ?

— Non, c'est au sujet de mes sous-vêtements.

— Oui ?

— Lorsque j'ai ouvert mon cadeau au bureau, tu étais la seule personne à ne pas rire, puis tu m'as fait un clin d'œil et… J'ai donc cru que c'était toi qui m'avais offert ce cadeau.

— Non !

— Je… Je ne serais jamais allée chez toi si je n'avais pas pensé que c'était ce que tu voulais.

— Mais je le voulais, Cathy. Simplement, je l'ignorais.

Une vague de bonheur l'envahit et elle ferma les yeux de plaisir.

— Merci, chuchota-t-elle.

— Et j'ai aussi envie de te voir à l'hôtel Peninsula dans une heure.

Elle aussi le désirait. Peut-être que pour une fois elle allait cesser de tout analyser et suivre ce que lui dictait son cœur.

— J'y serai, affirma-t-elle.

5

— Alors, Cathy, on dirait que tu as des choses à me raconter.

— A quel sujet ?

Son téléphone portable à l'oreille, Cathy héla un taxi pour se rendre à l'hôtel Peninsula.

Melinda poussa un soupir exaspéré.

— Oh, je t'en prie, tu le sais très bien ! Allez, raconte, je suis en pause, mais je n'ai pas beaucoup de temps. Où étais-tu hier soir ? Jack est venu chez nous. Il te cherchait, et nous avons passé un peu de temps ensemble à t'attendre, jusqu'à ce qu'il abandonne et retourne se coucher. Je ne t'ai même pas entendue rentrer, et tu dormais encore ce matin lorsque je suis partie.

— Je sais.

Dieu merci, elles ne s'étaient pas croisées. Après sa soirée chez Quinn, puis sa rencontre avec Jack, elle n'avait pas eu envie de raconter ce qui s'était passé à Melinda avant d'avoir fait le tri dans ses émotions. Ce à quoi, d'ailleurs, elle n'était toujours pas parvenue.

— J'espère que tu es sortie avec des copines, parce que Jack est vraiment un homme superbe, et je n'aimerais pas que tu le fasses souffrir.

Cathy poussa un soupir. Elle ne s'était pas attendue à devoir se défendre.

— J'étais avec Quinn, expliqua-t-elle.

— Quinn ? Celui du bureau ? Le grand Don Juan international ?

— Oui.

— Ça, j'ai du mal à le croire ! Tu avais rendez-vous ce matin avec Jack, et tu as passé la nuit avec un autre homme ?

Cathy ouvrait la bouche pour s'expliquer, mais aucun son n'en sortit. Pourquoi Melinda avait-elle l'air furieuse ? Ce n'était pas du tout la réaction à laquelle elle s'était attendue.

— Hé ! Je ne suis pas mariée avec Jack. Je ne lui dois pas fidélité éternelle juste parce que nous avons brunché ensemble. J'ai même essayé de lui parler de Quinn, mais il m'a interrompue. Si je ne suis pas honnête, c'est envers Quinn, pour avoir quitté son lit pour courir à un rendez-vous avec un autre homme !

Melinda ricana.

— Comme si un type comme lui se souciait de cela !

— Tu serais surprise.

Un taxi s'arrêta devant elle et elle s'y engouffra. Jusqu'au coup de téléphone de Quinn, elle se serait fait la même réflexion que Melinda.

— De toute façon, depuis le début cette histoire n'est qu'une horrible méprise, dit-elle. Je n'étais pas censée me trouver avec Quinn hier soir.

— Qu'est-ce que tu veux dire ? Que tu es entrée chez lui par accident ?

— Melinda… Inutile d'être sarcastique.

— D'accord, d'accord. Au fait, où es-tu ? Je t'entends très mal.

— Dans un taxi.

— Et peut-on savoir où tu te rends ? demanda Melinda d'un ton qui lui rappela l'un de ses vieux professeurs de collège.

— Je vais retrouver Quinn.

— Tu ne mérites pas Jack !

— Jack est un homme formidable, et j'ai bien l'intention d'apprendre à le connaître mieux dans les semaines à venir. Mais Quinn quitte le pays d'ici quelques jours. C'est la dernière fois que je peux passer un peu de temps avec lui. Il est… Etre avec lui, c'est comme…

Elle chercha un exemple qui pourrait plaire à Melinda.

— C'est comme si Ashton Kutcher entrait soudain dans ta vie, et voulait apprendre à te connaître. Tu n'aimerais pas faire cette expérience au moins une fois dans ta vie ?

— Pas si j'avais quelqu'un comme Jack.

— Oh, je t'en prie ! Ashton Kutcher !

— Mais c'est un homme… immatériel. Un pur fantasme. Une star de cinéma. Nous sommes en train de parler de la vraie vie, et d'un homme qui a de véritables sentiments pour toi !

— Très bien, disons que je ne suis qu'une idiote ! soupira Cathy en se laissant aller sur le siège. Mais si je me suis rendue chez Quinn hier soir, c'est parce que j'ai cru que mon cadeau de Noël venait de lui. J'ignorais que c'était Jack qui me l'avait envoyé.

Il y eut un petit hoquet de surprise à l'autre bout du fil, puis un silence. Oh ! Oh ! Melinda n'était pas au courant pour la lingerie ?

— Melinda ?

— Jack t'a offert un cadeau ? Hier ? Jack ?

— Oui, répondit Cathy, prévoyant déjà la suite à venir.

— Mais ça signifie… Ton horoscope…

Melinda avait l'air sur le point de pleurer.

— Toutes les bonnes choses t'arrivent à toi ! Ce n'est pas juste !

— Pardon ?

— Oui, toi tu es belle, glamour, tu as un job super et des hommes sensationnels qui te courent après !

— Heu… Melinda… Tu es sûre que nous parlons de la même personne, là ?

— Et maintenant, en plus de tout, il s'avère que Jack est l'amour de ta vie. Alors que moi, je ne suis qu'une serveuse et qu'aucun homme ne m'accorde de rendez-vous galant, même quand mon horoscope m'annonce des choses agréables. Il paraît que je vais trouver le bonheur courant décembre, mais pour l'instant, je ne vois rien venir.

Cathy se massa la tempe droite. Comment réagir à tout ceci ?

— Grand Dieu, Melinda ! Tout d'abord, les prévisions de l'horoscope ne sont pas forcément…

— J'arrive ! cria Melinda à quelqu'un. Je dois te laisser, Cathy. Je serai à la maison vers quatre heures.

Cathy poussa un soupir. Melinda n'allait pas apprécier ce qu'elle allait entendre.

— Heu… Melinda…

— Oui ?

— Je ne serai pas chez nous avant demain après-midi.

De nouveau, il y eut un long silence, puis elle entendit que Melinda avait raccroché.

Quelle poisse !

Elle rangea son téléphone dans son sac, dans lequel elle avait enfoui quelques affaires pour passer la nuit chez Quinn. Sa joie de le revoir venait d'être amoindrie par cette dispute avec Melinda. Elles ne se chamaillaient que rarement, et elle soupçonna soudain Melinda d'éprouver de forts sentiments pour Jack. Sinon, pourquoi lui avait-elle lancé toutes ces accusations à la tête ?

Peut-être avait-elle tort de se précipiter dans les bras de Quinn, alors que Jack avait toutes les raisons de penser qu'elle entamait une relation avec lui. Mais lorsqu'elle était allée prendre un brunch avec Jack, elle avait pensé que son histoire avec Quinn était terminée. Son coup de téléphone avait été une véritable surprise. Elle s'était sentie si frustrée avec Jack dans la pièce qu'elle n'avait su que dire ni à l'un ni à l'autre.

Elle s'était donc fait une promesse. Elle allait s'accorder une dernière journée avec Quinn, un dernier moment à se sentir aussi belle et sexy que Melinda semblait la trouver, puis elle remettrait les pieds sur terre et deviendrait la petite amie attentionnée de Jack.

Ainsi, tout serait parfait.

Durant le reste du trajet qui la menait à Manhattan, elle repensa à ce que Melinda lui avait dit. Belle ? Glamour ? Un job super ? Des hommes fabuleux qui lui couraient après ? De qui Melinda parlait-elle ?

Chaque matin elle se levait, préparait son déjeuner puis se rendait au bureau. Le soir, elle rentrait directement à la maison, et regardait la télévision ou tricotait en écoutant de la musique. C'était tout ce qu'elle faisait, mis à part un dîner ou un film de temps en temps avec des amis, quelques verres dans un bar avec des collègues, et à l'occasion une visite ou deux au musée. Les concerts ou les matchs… Elle ne s'y rendait que très rarement. Elle passait ses week-ends en famille ou avec des amis. L'hiver, durant ses quelques jours de congé, elle allait faire du ski en famille, et passait ses vacances d'été dans le Vermont. Une fois, elle était partie en croisière dans les Caraïbes avec quelques anciennes amies d'université…

Non, décidément, rien de très glamour dans sa vie.

Le taxi s'arrêta enfin devant l'hôtel Peninsula. Elle fouilla dans son sac et paya le chauffeur, puis sortit du véhicule, tirant sur sa courte jupe noire, achetée l'année dernière sur l'insistance de Melinda, mais qu'elle n'avait encore jamais portée.

Redressant les épaules, elle pénétra dans le magnifique hall. Aujourd'hui, elle se sentait plus féminine que jamais et la jupe lui convenait à la perfection. Demain, elle remettrait les pieds sur terre, apprendrait à connaître Jack, et le traiterait avec toute l'honnêteté qu'il méritait.

Mais pour l'instant, rien d'autre n'importait que Quinn et elle.

Confortablement installé dans le hall de l'hôtel, Quinn observa Cathy qui se dirigeait vers lui. Etait-ce son imagination ou était-elle encore plus belle que ce matin ?

Ses épais cheveux d'un beau châtain mordoré encadraient joliment son visage ; ses grands yeux couleur noisette, aux longs cils bruns, étaient comme deux diamants sombres dans l'ovale de son visage au teint parfait. Son nez était adorable et ses lèvres sensuelles. Cathy possédait ce genre de visage aux teintes harmonieuses qu'un peintre de la Renaissance aurait aimé capturer, et qu'un photographe comme lui aimerait fixer sur la pellicule à jamais. De plus, elle transpirait la joie et la fraîcheur, deux qualités irrésistibles dans une métropole envahie de personnalités névrosées.

Les circonstances de leur liaison étaient à la fois amusantes et incroyables. A présent qu'il connaissait la vérité, il comprenait un peu mieux ses réactions. Une seule question continuait à le tarauder, mais il avait préféré attendre qu'ils soient réunis afin d'observer ses réactions lorsqu'elle répondrait.

Il l'accueillit en lui rendant ses boucles d'oreilles et en déposant un léger baiser sur ses lèvres.

— Tu as pu dormir un peu ? demanda-t-il en l'embrassant.

— Pas vraiment. Et toi ?

— Moi non plus. J'ai pensé que nous pourrions prendre un verre ici…

— Oui, c'est une bonne idée.

Elle se retourna pour examiner le décor.

— Cet hôtel est superbe. Je n'étais jamais venue.

— Mais je me suis rendu compte qu'il me serait impossible de rester assis en face de toi en gardant mes mains posées sur mes genoux.

Elle se retourna et lui fit un petit sourire malicieux.

— Oh ! Ça, c'est un problème.

— Oui, un gros problème.

— Alors ? Que proposes-tu ?

— Je me suis dit que nous pourrions aller nous promener sur la Cinquième Avenue.

— Volontiers. C'est si joli à cette époque de l'année, avec toutes les décorations de Noël.

— Et ensuite…

— Ensuite ?

— Nous arrêter grignoter quelque chose quelque part…

— Mmm… Bonne idée.

— Puis…

Elle pencha la tête sur le côté et le regarda avec une petite moue mutine.

— Je crois que c'est cette partie de la soirée que je vais préférer.

— Rentrer chez moi.

— Je savais que j'allais apprécier ta proposition !

— Mais avant tout… J'aimerais te poser une question… A laquelle tu n'es pas obligée de répondre, si tu n'en as pas envie.

— D'accord.

Elle attendit, l'air inquiète.

— Qui t'a offert ces fameux sous-vêtements ?

Qui sait ? Peut-être allait-elle éclater de rire et lui révéler qu'il s'agissait d'une collègue du bureau.

— Heu… Un homme qui… Un voisin, en fait. Je dois dire que c'était plutôt inattendu de sa part.

Il se força à garder un air détaché.

— Tu as prévu de lui faire un défilé, à lui aussi ?

— Grand Dieu, non !

Elle avait l'air horrifiée, et il eut la grâce de paraître penaud. Il aurait dû le savoir ! Ce n'était pas du tout le genre de Cathy.

— Merci de m'avoir répondu, dit-il. Je sais que je m'en vais bientôt, et je n'ai aucun droit de…

Elle leva les yeux vers lui.

— Quinn, fais-moi confiance, je ne porterai plus jamais ces sous-vêtements. Je serais incapable de les remettre, si ce n'est avec toi.

Une vive émotion l'étreignit, et, se rendant compte qu'il était incapable de prononcer une seule parole, il se pencha pour l'embrasser de nouveau.

Il avait envie de lui poser d'autres questions, de demander des garanties auxquelles, hélas, il ne pouvait prétendre. Pourquoi cet homme, ce voisin avait-il pensé que ces sous-vêtements sexy étaient un cadeau approprié pour Cathy ? Qu'éprouvait-elle pour lui ? Si elle avait su de qui provenait le cadeau, serait-elle allée retrouver cet homme, hier soir ? Avait-elle prévu de fréquenter son voisin une fois que lui serait parti ?

Non, il n'avait aucun droit de lui poser toutes ces questions. Le soleil brillait dans le ciel, il faisait doux, et ils avaient une belle journée à passer ensemble. Inutile de laisser la jalousie l'envahir. Mieux valait se contenter du regard sincère de Cathy comme réponse.

Il lui prit la main, et ils quittèrent le somptueux hôtel, arpentant la Cinquième Avenue en se joignant aux touristes et aux New-Yorkais qui faisaient leurs emplettes de Noël de dernière minute. Il n'avait que peu de temps à passer avec Cathy, alors autant en faire bon usage.

Ils admirèrent les luxueuses vitrines de Gucci, Ferragamo, Cartier, puis celles des grands magasins Sak's, avant de se rendre au Rockefeller Center pour contempler l'immense sapin de Noël qui trônait là comme chaque année, et ils restèrent un long moment à observer les patineurs qui s'adonnaient aux joies de la glisse. Plus tard, ils s'arrêtèrent au Rock Center Café pour manger un morceau. La foule était si dense qu'ils durent attendre un moment avant d'obtenir une table.

Mais peu lui importait. Tant qu'il était avec Cathy, rien d'autre ne comptait.

Plus il passait de temps avec elle, plus il aurait voulu en passer encore. Dire que d'ici trois jours il serait quasiment à l'autre bout du monde !

Soudain, il eut l'impression de suffoquer. Que diable lui arrivait-il ? Il se força à se calmer. Il connaissait cette sensation, qu'il avait déjà éprouvée une fois, et qui avait changé sa vie.

Quand il était adolescent, il lui était arrivé de se montrer impétueux, puis, les années passant, à la grande satisfaction de ses parents et de ses frères aînés, il s'était calmé et avait entamé de sérieuses études.

Sa vie s'était déroulée tranquillement jusqu'à ce qu'il se réveille un beau matin, la veille d'entamer sa seconde année de médecine, avec ce même sentiment de panique et de suffocation à l'idée de l'année à venir.

Il n'avait pas réfléchi deux fois. Il était allé trouver le doyen d'université dans son bureau et lui avait annoncé qu'il renonçait à poursuivre ses études. Ensuite, il s'était lancé dans la photographie, au grand désespoir de ses parents, même s'il avait eu très vite du succès. Ses parents avaient leur propre définition du succès, qui était fort différente de la sienne. D'ailleurs, ils avaient des points de vue étriqués sur beaucoup de choses.

Cette décision de quitter l'université, il l'avait prise sur l'inspiration du moment, à cause des sensations qu'il avait éprouvées à l'époque. Or, au fil du temps, il s'était avéré que cette décision avait été la bonne.

Avait-il juste eu de la chance ? Ou bien possédait-il un profond sixième sens, qu'il devait suivre ?

Ça, il l'ignorait, mais il savait qu'il devait se montrer vigilant et réfléchir à ce que son cœur lui dictait.

Parce que, pour l'heure, son instinct était en train de lui dire que Cathy était la femme de sa vie et qu'il serait vraiment stupide de l'abandonner.

6

Un peu plus de douze heures après l'avoir quitté, Cathy pénétra de nouveau dans le salon de Quinn, avec l'impression que de longues journées s'étaient écoulées. Des valises étaient entassées près de la porte, et elle détourna le regard. Il leur restait jusqu'à demain après-midi, inutile de se laisser déjà envahir par la tristesse. La journée avait été parfaite, et leur nuit le serait aussi. L'heure des au revoir viendrait bien assez tôt.

Quinn traversa la pièce, et ouvrit un placard qui révéla une chaîne stéréo dernier cri. Il appuya sur un bouton, ajusta la balance, et quelques secondes plus tard, les notes langoureuses d'un slow emplirent le silence.

— Si on dansait ? proposa-t-il en lui tendant la main.

— Avec plaisir, répondit-elle en venant se blottir contre lui. Décidément, tu as tous les talents.

— Non, pas tous. Je suis nul au football, au bowling, en puzzles… Et pour dire au revoir.

— Je…

Sa voix se brisa.

— Moi non plus, je ne suis pas très douée dans ce domaine.

Il déposa un léger baiser sur son front et l'attira un peu plus à lui.

— Dans ce cas, nous allons faire comme si nous avions l'éternité devant nous.

— Excellente idée.

Elle posa sa tête au creux de son cou, ferma les yeux, et s'abandonna à la musique.

C'était si bon d'être là, entre ses bras !

Quelques moments plus tard, le slow se termina. Cathy leva la tête et remarqua que Quinn l'observait avec une expression si tendre qu'elle en eut le cœur serré.

Je t'aime.

Non, c'était impossible, il était bien trop tôt ! Pourtant, l'amour avait envahi son cœur avec une telle force qu'elle avait failli bredouiller ces paroles, qui auraient tout gâché.

— Cathy…

De nouveau, l'émotion la saisit et elle se laissa aller à fantasmer. Quinn allait lui avouer qu'il l'aimait aussi.

Ou alors, il allait lui dire qu'il restait à New York. Ou bien l'inviter à…

Ça suffit!

Demain, à cette heure, elle serait en route pour retrouver sa famille. Pour la première fois, ce voyage pour aller passer Noël parmi les siens aurait un goût amer.

La musique reprit sur un air un peu plus entraînant cette fois et ils se lancèrent dans un rock, leurs corps se répondant de nouveau à la perfection… comme au lit. Tout était si merveilleux entre eux. Non, Quinn n'avait rien d'un fantasme. Etre avec lui semblait bien plus réel que n'importe quel moment passé avec Jack.

La musique se termina et ils restèrent pantelants, attendant le prochain morceau en se souriant. Un air qu'elle ne reconnut pas emplit la pièce. C'était un air entraînant, parfait pour un numéro sur scène… Ou un strip-tease.

Mmm.

Elle prit aussitôt sa décision. Ses tentatives la nuit passée avaient peut-être été risibles, mais depuis, tout avait changé entre eux. Elle était ici parce que Quinn le désirait, et elle n'avait plus peur de lui déplaire.

En rythme avec la musique, elle posa une main sur son torse et le repoussa jusqu'au canapé, le regardant d'un air malicieux. L'air intrigué, il se laissa faire, et s'assit sur le sofa.

Elle se dirigea vers le côté opposé de la pièce, lui tourna le dos, et commença à onduler des hanches. Avec langueur, elle souleva son pull, puis le retira. Puis, prenant toujours son temps, elle fit glisser sa jupe noire le long de ses cuisses, centimètre par centimètre révélant son string de dentelle ivoire.

Tournant la tête, elle lui jeta un regard coquin par-dessus son épaule. A en juger par son air enfiévré, Quinn était fasciné par sa prestation.

Mmm, il était temps d'aller un peu plus loin. Elle se retourna pour lui faire face, dégrafa son soutien-gorge et le laissa tomber à terre.

Quinn ferma les yeux un bref instant, et poussa un profond soupir.

Mains posées sur les hanches, l'air mutin, elle se dirigea vers lui, ne portant plus que son string. Arrivée à sa hauteur, elle glissa ses doigts sous l'élastique de son string et planta son regard dans le sien.

Malgré la musique, elle l'entendit gémir. Quinn déboutonna son pantalon, baissa son caleçon et… mmm, oui ! Voir son sexe durci par le désir accrut son excitation, et elle remonta avec lenteur ses mains jusqu'à sa poitrine, puis commença à se caresser les seins.

Quinn gémit de nouveau et effleura son membre dressé. Ainsi, elle lui faisait tant d'effet qu'il ne pouvait résister à l'envie de se toucher devant elle ! Mmm… Jamais elle ne s'était sentie aussi intime avec un homme.

Quinn posa ensuite ses mains sur sa tête et continua à l'observer tandis qu'elle retirait son string, puis ses escarpins.

Voilà, à présent, elle était nue devant lui.

Par une coïncidence incroyable, la musique cessa à l'instant même où son string toucha le sol. Le silence dans la pièce était électrique.

Alors qu'un autre air émanait de la stéréo, elle se pencha vers Quinn, et commença à lui retirer sa chemise, puis le reste de ses vêtements.

Une fois que son caleçon eut rejoint son pantalon à terre, elle s'agenouilla devant lui, en rythme avec la musique, posa ses mains sur ses cuisses musclées et prit son sexe dans sa bouche. Elle commença à le goûter avec douceur, le léchant par petits à-coups, troublée de sentir son regard sur elle. Fermant les yeux, excitée par les sensations qu'elle déclenchait en lui, elle le prit plus profond entre ses lèvres et commença à le sucer avec ardeur.

— Cathy…

— Mmm.

— Si tu continues ainsi… je… je ne vais pas tenir très longtemps. Laisse-moi me reprendre.

— Oh ? D'accord.

— Je vais aller chercher un préservatif.

Il se rendit dans la salle de bains, puis revint quelques instants plus tard, s'assit sur le canapé, déroula le préservatif sur son sexe, puis ouvrit les bras en grand.

— Maintenant je suis à toi. Fais de moi ce que tu voudras.

— Excellente idée, répondit-elle en s'asseyant à califourchon sur lui, puis en commençant à se déhancher toujours en rythme avec la musique.

— Je ne suis pas sûr de pouvoir survivre à un tel traitement ! déclara Quinn en riant.

Il posa néanmoins les mains sur sa taille et l'attira un peu plus à lui, puis, l'enlaçant avec douceur, il l'allongea de côté sur le canapé, se cala entre ses jambes et la pénétra tout en la regardant au fond des yeux.

Elle soutint son regard.

Je t'aime.

— Je ne pourrai jamais supporter de te quitter demain, Cathy.

Elle sentit son cœur se serrer.

Dans ce cas, ne t'en va pas.

Elle resta silencieuse. A quoi bon lui répondre ? Il n'allait pas changer tous ses plans de carrière pour elle, alors qu'ils ne se connaissaient intimement que depuis vingt-quatre heures.

Soudain, il s'arrêta de bouger, et la regarda avec une telle intensité qu'elle eut l'impression que son cœur allait s'arrêter de battre.

— Cathy, je vais…

— Oui ?

— Je pars pour Londres mardi.

Elle leva les yeux au ciel.

— Crois-moi, Quinn, je le sais.

Il se remit à la pénétrer, puis pencha la tête vers elle.

— Viens à Londres avec moi, lui chuchota-t-il à l'oreille.

Cathy décida de marcher de la Cinquième Avenue jusqu'à son appartement. Le soleil brillait et la température était incroyablement élevée pour cette période de l'année. On était à la veille de Noël… Et elle était envahie par la tristesse.

L'invitation de Quinn l'avait stupéfiée. Ainsi, il l'appréciait et la désirait assez pour vouloir qu'elle prenne toutes ses vacances de Noël avec lui, à Londres, pendant qu'il terminerait sa dernière mission pour le magazine, avant d'entamer son année à approfondir ses connaissances en photo.

Dès qu'il avait prononcé ces mots, elle avait eu envie de lui hurler un gigantesque *oui*.

Puis…

Puis sa prudence naturelle avait repris le dessus, et elle avait commencé à analyser la situation.

Si elle voyait au-delà du plaisir qu'elle aurait à passer cette semaine avec Quinn, à Londres, à l'aider à accomplir sa dernière mission pour *Connaisseur* puis à passer de nombreuses heures avec lui dans leur chambre d'hôtel, elle devrait faire face à une nouvelle séparation qui serait encore plus difficile à gérer, étant donné les inévitables sentiments qu'elle aurait développés pour lui.

Et… Et si jamais cette semaine n'était pas aussi belle qu'elle le laissait prévoir ? Que se passerait-il si elle allait à Londres et qu'elle se rendait compte que le week-end qu'ils venaient de passer ensemble n'était qu'une combinaison d'opportunité, d'alchimie et de fantasmes, et que ces quelques heures n'auraient jamais dû dépasser le cadre de Manhattan ? Si jamais ils ne s'entendaient plus, une fois là-bas, si leurs habitudes ne concordaient pas, si leur attirance s'évanouissait et si tout se terminait dans l'amertume ?

Elle serait bloquée à Londres avec un homme qu'elle connaissait à peine, qui ne la désirerait plus, et elle devrait rentrer ici, plus triste que jamais.

Alors, elle avait dit non. Non à l'aventure, non à l'amour, non, non, et non. Au revoir, et merci ! Peut-être que d'ici un an, lorsque Quinn reviendrait aux Etats-Unis, ils pourraient reprendre leur aventure là où ils l'avaient laissée. Ce serait agréable, pourtant cette idée ne l'aidait en rien à mieux supporter la séparation. L'année qui allait s'écouler semblait déjà plus longue que l'éternité : trois cent soixante-cinq jours, huit mille sept cent soixante heures, cinq cent vingt-cinq mille six cents minutes.

Tout ce temps à vivre seule et à se demander si elle avait pris la bonne décision.

Enfin, pas vraiment seule. Il lui restait Jack.

Elle s'arrêta soudain, pétrifiée. Elle ne voulait pas de Jack ! Au fond d'elle, elle l'avait toujours su, peut-être dès l'instant où Quinn l'avait embrassée, voire avant. Avec Jack, elle se sentait aussi ordinaire que d'habitude, alors qu'en présence de Quinn elle avait l'impression d'être la reine du monde.

Une femme la dépassa, l'air surprise de la voir plantée là, au beau milieu du trottoir. Elle se remit en marche. Non, il était hors de question qu'elle entame une liaison avec Jack maintenant, d'autant plus qu'elle soupçonnait Melinda d'avoir des sentiments pour lui.

Elle tourna au coin de sa rue, et s'arrêta de nouveau, examinant son immeuble. Les rayons du soleil levant faisaient scintiller les vitres et donnaient au bâtiment une magnifique couleur rougeoyante. Les protubérances du toit projetaient des ombres qui ressemblaient aux créneaux d'un rempart. Quant à la curieuse entrée asymétrique flanquée d'arbustes décorés pour les fêtes, elle évoquait un pont-levis qui aurait été abaissé au-dessus du trottoir représentant des douves.

Cathy prit une profonde inspiration. L'horoscope de Melinda avait raison. L'amour lui avait offert un véritable cadeau. Non pas des sous-vêtements de la part de Jack, mais une nouvelle vision de sa ville… De son foyer… Et d'elle-même.

Grâce à Quinn.

Alors il n'y avait pas à hésiter.

Elle courut tout le reste du chemin jusqu'à son fabuleux château futuriste et grimpa les escaliers, trop impatiente pour attendre l'ascenseur. Ce Noël allait être le plus beau de toute sa vie.

Une fois à l'intérieur de son appartement, elle se précipita vers le téléphone pour appeler Quinn, lorsque la porte de la chambre de Melinda s'ouvrit et que Jack en sortit.

Nu.

— Je vais prendre un verre d'eau, bébé. Tu veux un…

Il s'arrêta net en remarquant soudain Cathy, qui réussit à réprimer un gloussement.

— Bonjour, Jack.

— Heu…

Jack plaqua une main sur ses parties intimes et jeta un coup d'œil dans la chambre de Melinda.

— Bonjour, Cathy !

Cathy entendit Melinda glapir du fond de sa chambre.

— Joyeux Noël, Melinda ! cria-t-elle. Je vois que finalement ton mois de décembre se termine bien !

Melinda émergea de sa chambre, échevelée, nouant la ceinture de son peignoir autour de sa taille.

— Cathy. Je… C'était… Enfin, je veux dire, tout a été si soudain !

— Ha ! Ha ! Je crois avoir déjà entendu cette réplique !

Melinda baissa les yeux.

— Oh ! Je suis désolée de m'être montrée si rude avec toi. Je crois que j'étais jalouse.

— Ne t'inquiète pas, répondit Cathy en baissant la voix. De toute façon, Jack et moi n'étions pas faits l'un pour l'autre.

— Oui, je crois que ton horoscope devait parler d'un autre cadeau.

— C'est bien vrai ! répliqua Cathy en riant. Mais crois-le ou non, l'horoscope disait vrai.

Jack réapparut, portant un T-shirt et un jean, et les deux femmes se tournèrent vers lui.

— Cathy, dit-il, je suis vraiment désolé de…

— Ne t'excuse pas, l'interrompit-elle, à dire vrai, je n'ai pas été tout à fait honnête avec toi. J'ai rencontré quelqu'un d'autre. Je ne croyais pas que notre relation deviendrait sérieuse, mais… tout a été très vite.

— Oui, je comprends ce que tu veux dire, répondit-il en effleurant les cheveux de Melinda.

Ils restèrent tous trois un moment en silence, se contentant de sourire. Puis, d'un geste de la main, Cathy indiqua le téléphone.

— Bon, j'ai un coup de fil à passer, et je dois aussi faire ma valise.

— C'est vrai, tu pars chez tes parents ! s'écria Melinda.

— Oui. Et ensuite… Je m'envole pour Londres.

Epuisé, Quinn ouvrit la porte de son appartement et pénétra chez lui.

Les festivités de Noël en famille avaient été aussi fatigantes que d'habitude. Malgré les années, ses parents n'avaient toujours pas accepté qu'il ait abandonné ses études de médecine. Ses neveux et nièces étaient devenus de remuants adolescents, et toute la famille avait vécu dans un étouffant tohu-bohu durant deux jours. Il y avait eu de très beaux et de très chers cadeaux, d'excellents petits plats, des vins exquis, et la promenade annuelle le long du canal Griggstown, même si la journée avait été froide et grise. Joyeux Noël tout le monde ! Il était content que tout ceci soit terminé.

Sauf que, désormais, son départ pour Londres se rapprochait d'heure en heure.

Il alla s'asseoir sur son lit, et s'efforça de faire le point sur ses sentiments, ce qu'il éprouvait… C'était si étrange. Il ne pouvait tout de même pas prendre une décision aussi importante juste comme ça !

Pourtant…

Il se sentit soudain envahi par une vague d'énergie, et saisit le combiné de son téléphone sur sa table de nuit, puis composa le numéro de Cathy. La sonnerie retentit une fois, deux… puis le répondeur téléphonique se mit en marche. Frustré, il raccrocha. Non, il ne voulait pas laisser de message à Cathy. Il voulait lui parler, tout de suite, mais ignorait son numéro de portable.

D'ailleurs, à quelle heure avait-elle prévu de revenir de chez ses parents ?

Son enthousiasme diminua, laissant place à une profonde frustration. Bon sang ! Il était impossible de repousser son départ. Il ne pouvait pas rater sa dernière mission pour le magazine. Hélas, s'il ne parvenait pas à joindre Cathy avant son départ pour lui dire qu'il allait revenir bientôt…

Certes, il pourrait toujours l'appeler plus tard, de Londres, mais ce n'était pas pareil. S'il parvenait à la joindre maintenant, elle pourrait peut-être passer un peu de temps avec lui à l'aéroport avant le départ de son vol.

Soudain, un coup fut frappé à sa porte. Il fonça dans le couloir, et ouvrit.

Cathy se tenait sur son seuil, une valise dans une main, exhibant un passeport dans l'autre.

Il la contempla un instant, incapable de comprendre ce qu'elle faisait là.

— Cathy ?

— Eh oui ! Me voilà !

— Mmm, j'ai comme un sentiment de déjà-vu, dit-il, se rappelant la première fois où elle était apparue sur son seuil.

Elle pénétra dans l'appartement, et se dirigea vers son salon, faisant rouler sa valise derrière elle.

— Bel appartement. Tu es propriétaire ou tu le loues ?

Il esquissa un sourire. Ainsi, elle voulait rejouer leur première scène ?

— Est-ce que, par chance, tu porterais d'affriolants sous-vêtements ? demanda-t-il.

— Peut-être bien.

— Et serais-tu d'accord pour me les montrer ce soir, dans un hôtel londonien ?

Elle lâcha la poignée de sa valise, et s'avança vers lui, les yeux embués de larmes.

— J'adorerais cela.

— Et…

Cette fois, sa voix n'était plus qu'un murmure.

— Voudrais-tu passer les deux prochaines semaines avec moi, à Londres, puis revenir ici, toujours avec moi, et continuer notre histoire ?

Elle voulut lui répondre, mais resta bouche bée.

— Je ne m'en vais pas, Cathy. En tout cas, pas pour une année entière.

— Mais… Pourquoi ?

— Parce que je ne pourrai pas me passer de toi, ma chérie.

Il l'enlaça et l'attira tout contre lui. Elle aurait voulu rester ainsi dans ses bras pour l'éternité.

Finalement, l'horoscope de Melinda avait raison. La vie venait de lui offrir un magnifique cadeau.

— Oh, Quinn ! C'est le plus beau de tous mes Noëls !

JENNIFER LABRECQUE

Un Noël très sexy : Tatiana

INTÉGRALE
UN NOËL TRÈS SEXY

Traduction française de
DIANE HAMILTON

SAGAS

HARLEQUIN

Titre original :
MISTLETOE MADNESS

Ce roman a déjà été publié en 2010

1

Joyeux Noël !

Ha ! Ha !

Qui avait eu cette géniale idée d'échange anonyme de cadeaux ? Ah, oui ! La fille de leur P.-D.G. Brillante inspiration !

Tatiana Allen leva les yeux au ciel. Oui, c'était une idée vraiment formidable, parce que désormais, en plus de tout ce qu'elle avait à faire durant ces deux semaines avant Noël, elle devait en plus acheter un cadeau pour un de ses collègues. Et quel collègue ! Cole Mitchell, rien de moins.

Ou plus exactement *Cole-je suis né avec une petite cuiller en argent dans la bouche-Mitchell.*

Oh, certes, elle n'était pas débordée par les préparatifs ! Pour la seconde année consécutive depuis leur retraite, ses parents avaient décidé de partir en croisière pour

Noël. Après avoir travaillé toute leur vie, ils avaient décidé de s'accorder enfin un peu de bon temps.

L'année dernière, Tatiana avait passé Noël avec sa grand-mère. Mais cette année, grand-mère Rumasky et Ivan Chertoff avaient décidé de se rendre à Las Vegas et de passer leur lune de miel devant les machines à sous. Grand-mère Rumasky n'était guère chanceuse avec ses maris, qui avaient une fâcheuse tendance à décéder, mais Ivan et elle avaient choisi de profiter de chaque minute qui passait. Grand bien leur fasse !

Par ailleurs, elle n'était plus une petite fille. A vingt-huit ans, elle était tout de même capable de passer Noël seule.

Elle froissa la feuille de papier sur laquelle était inscrit le nom de son collègue et rival, critique gastronomique comme elle, et la jeta dans la poubelle à côté de son bureau. Bon, peut-être avait-elle effectivement assez de temps libre pour faire des achats. Mais trouver un cadeau pour Cole ? Que personne ne s'attende à ce qu'elle y mette de la bonne volonté et à ce qu'elle déniche un présent qui le ravirait.

— Tu as vérifié tes e-mails ? demanda Elle, en passant la tête dans son bureau.

Lorsque Elle, assistante administrative de leur département, posait de telles questions… C'était plutôt mauvais signe.

— Non, pourquoi ?

— Melvin a eu une idée lumineuse, répondit Elle en se massant les tempes. Je crois que son thérapeute ferait bien de diminuer ses doses de Prozac.

De fait, Melvin, le directeur de leur département, prenait parfois des décisions saugrenues lorsqu'il était sous traitement.

Tatiana posa ses deux mains sur son bureau.

— Vas-y, je t'écoute.

— Melvin a décrété, par e-mail, que pour mieux rester dans l'esprit de Noël, nous allions célébrer les « huit jours de la Saison ».

— Et peut-on savoir d'où lui est venue cette idée ?

— Pour être politiquement correct, il a tenu à fêter les douze jours de Noël, les huit d'Hanoukka et les sept de Kwanzaa, la fête des Afro-Américains. Il en a établi la moyenne, et a décrété les huit jours de la Saison. Ce qui signifie huit cadeaux anonymes de Noël, le plus important étant à réserver pour le dernier jour.

Tatiana poussa un soupir. Elle ne voulait pas avoir l'air de se plaindre, mais toute cette histoire de cadeaux devenait carrément pénible. Elle fit un rapide calcul. Pour couronner le tout, Melvin était nul en maths. Il aurait dû décréter les neuf jours de la Saison, mais elle n'allait pas chipoter pour ça !

— Tu sais pourquoi les fenêtres ne s'ouvrent pas ici, au vingt-septième étage ? demanda-t-elle en désignant la vitre du doigt. C'est pour nous éviter d'avoir envie de sauter.

Heureusement que Melvin était brillant dans son travail, parce que pour le reste…

Huit cadeaux de Noël pour Cole ! Non seulement elle avait du mal à le supporter au bureau, mais à présent elle allait devoir dépenser de l'argent pour lui !

— Je t'en prie, Elle, dis-moi que tout ceci n'est qu'une blague.

— Hélas, non, répondit Elle en replaçant une mèche de ses magnifiques cheveux blonds derrière son oreille.

Grande, mince et élégante, il aurait été facile de la détester, mais elle était beaucoup trop gentille et charmante pour cela. Contrairement à Cole Mitchell !

Connaisseur était considéré comme le magazine numéro un concernant les voyages et la gastronomie. Depuis qu'elle avait travaillé comme serveuse durant ses vacances de collégienne, Tatiana avait toujours voulu devenir critique gastronomique au sein du prestigieux magazine. Voyager dans des contrées exotiques, y goûter les spécialités locales dans de grands restaurants, et en révéler leurs saveurs dans des articles destinés aux voyageurs exigeants avait toujours été son rêve. Elle avait travaillé dur, avec détermination pour obtenir l'un des deux postes du magazine. Ça avait été plus facile pour Cole, grâce à ses relations familiales…

Oh, elle aurait pu négliger ce détail si les étincelles

n'avaient pas fusé entre eux dès le premier jour. Oui, Cole Mitchell était facile à détester. Et elle ne se laisserait abuser ni par son charme naturel ni par le fait qu'il était… plutôt séduisant tout de même.

— C'est la façon de Melvin de célébrer l'amour et la paix parmi les peuples, ironisa Elle.

Elle s'approcha de son bureau et baissa la voix.

— Alors, à qui es-tu supposée offrir un cadeau ?

— Oh, non ! Pas question que je te le dise.

Elle était sympathique, et une véritable mine d'informations pour le service, mais elle avait aussi un peu trop tendance à apprécier les ragots. L'animosité qui existait entre Tatiana et Cole faisait souvent les choux gras de leurs collègues. Il était hors de question qu'Elle allume d'autres étincelles.

— Si je te le dis, cela reviendra aux oreilles de Melvin, et il fomentera un autre projet, pire que celui-ci.

— Je n'ai pas l'intention de te trahir !

— Non, mais cela peut arriver, même si ce n'est pas de façon délibérée.

— Bon, tu ferais peut-être mieux de lire cet e-mail, Tatiana ! insista Elle en quittant le bureau aussi soudainement qu'elle y était entrée.

Tatiana ouvrit sa boîte e-mail et lut le message de Melvin. Huit cadeaux pour Cole Mitchell ? Cet homme était si arrogant ! Elle savait déjà ce qu'elle allait lui offrir !

Elle cliqua sur l'un des moteurs de recherche et tapa sa requête. Un petit soupir malicieux étira ses lèvres. Elle adorait faire des achats en ligne !

Tatiana Allen !

Cole Mitchell poussa un soupir et se massa la nuque.

Leur service comportait dix-huit personnes, et il se retrouvait à devoir offrir un cadeau de Noël à la vipère de service. Quel bonheur ! Peut-être pourrait-il lui acheter un aller simple pour une destination lointaine. Ses voyages professionnels l'entraînaient souvent aux quatre coins du pays, mais hélas, elle revenait toujours, comme une douleur récurrente. Certes, il aimait jouer les pervers en sa présence et ne manquait jamais de l'attaquer sur un sujet ou un autre quand ils se trouvaient tous les deux dans le même bureau.

Il réfléchit un instant. Après tout, peut-être que l'idée de Melvin n'était pas si mauvaise et que le Père Noël pourrait offrir à Tatiana ce qu'elle méritait. Oui, il allait choisir un cadeau qui ferait rire tous leurs collègues et la mettrait mal à l'aise. Finalement, ce pourrait être drôle !

Soudain, son téléphone intérieur sonna.

— Cole ? dit la voix d'Elle à l'autre bout du fil.

— Oui ?

— Melvin veut te voir dans son bureau aussi vite que possible.

— J'y vais tout de suite, répondit-il en se levant.

Melvin était un véritable bourreau de travail. Certes, il était parfois excentrique, mais il possédait un œil parfait pour les critiques et les éditoriaux. C'était un schizophrène professionnel. Autant ne pas le faire attendre !

Cole savait que nombre de ses collègues s'interrogeaient sur son propre succès. D'ailleurs, l'attitude de Tatiana était des plus éloquentes. Pourtant, elle ignorait ce qu'il avait enduré pour en arriver là. Il n'avait fallu que cinq minutes pour que se répande dans les bureaux l'information selon laquelle son père avait eu un entretien avec le P.-D.G. de *Connaisseur*. Pourtant, ce que tout le monde ignorait et qu'il était le seul à savoir, c'était que son père avait tout fait pour contrecarrer sa carrière. Ceci dit, si les gens préféraient croire le contraire, et penser qu'il avait bénéficié d'un passe-droit, libre à eux !

Il traversa le couloir, et s'arrêta devant le bureau de Melvin. Elle, qui était au téléphone, lui fit signe d'entrer.

Il pénétra dans la pièce, et referma la porte derrière lui. Super ! La reine des vipères était déjà installée dans l'un des deux sièges qui faisaient face au bureau de Melvin. Il observa ses folles boucles rousses et ses grands yeux aussi verts que des émeraudes. Tatiana avait un nez plutôt fort, un peu comme celui de Barbara Streisand, et une bouche sensuelle qui, si on l'observait un tant soit peu, incitait aussitôt aux baisers.

Enfin, si on omettait son sale caractère !

Melvin, mince et prématurément chauve lui fit signe de s'asseoir sur le siège à côté de Tatiana. Il obtempéra, remarquant une fois de plus que sa collègue avait de belles jambes. Très belles, d'ailleurs, surtout pour une mégère comme elle.

Melvin prit la parole.

— Vous devez tous les deux vous demander pourquoi j'ai voulu vous voir ici.

Cole jeta un long coup d'œil de côté à Tatiana. Déjà, il remarquait qu'elle retenait une réplique cinglante. Force était de reconnaître que lorsque Tatiana était dans le coin, les choses n'étaient jamais ennuyeuses.

— Tu voulais nous dire en personne que toute cette histoire de célébration des huit jours de la Saison n'était qu'une farce ? demanda-t-elle.

— Pas du tout ! s'exclama Melvin. Cette semaine de festivités va être une magnifique occasion pour nous tous de nous rapprocher.

Cole réprima un soupir de désespoir. Le médecin de Melvin avait dû lui prescrire une nouvelle ordonnance !

— Je tiens vraiment à ce que chacun d'entre vous s'efforce de découvrir au mieux ce que l'autre personne désire ou ce dont elle a besoin. Comme je l'ai mentionné dans mon e-mail, ces cadeaux doivent plaire autant à celui qui les offre qu'à celui qui les reçoit.

Cole ne put réprimer un sourire. Son cadeau allait plaire à Tatiana, ça, c'était certain !

— Tu vois, s'exclama Melvin, Cole m'a l'air ravi de ce projet. Il faut que tu te mettes dans l'ambiance, toi aussi, Tatiana !

Tatiana esquissa un sourire amer à l'intention de Cole. Merci, Melvin ! Il menait un à zéro contre Tatiana.

— A présent, entrons dans le vif du sujet, poursuivit Melvin. Comme vous le savez tous les deux, le marché devient de plus en plus étroit, et il est important pour nous de bien évaluer notre lectorat actuel…

Cole commença à décrocher. Il avait entendu ce discours au moins un million de fois. Melvin allait leur faire un point sur l'état actuel de la presse durant dix bonnes minutes, avant de lancer son idée du jour. Son attention fut attirée par les jambes de Tatiana. Elles étaient longues, sexy, finement musclées, et son abominable collègue avait également d'adorables chevilles. Oui, c'était tout à fait le style de jambes qu'un homme ne pouvait s'empêcher d'imaginer autour de sa taille ou posées sur ses épaules.

Comment Tatiana se comportait-elle au lit ? Cherchait-elle toujours à prendre le dessus, à tout diriger, comme au travail ? A coup sûr, elle n'avait rien d'une maîtresse docile. Non, s'ils faisaient l'amour ensemble, nul doute qu'elle crierait son nom en plantant ses ongles dans son dos ou ses épaules, comme une véritable sauvageonne.

Quel goût aurait sa bouche ? Sa peau ? Ses seins ?

Si on s'en référait à son tempérament, elle devait avoir un goût exotique, épicé… A vous rendre fou.

— Alors, Cole…

Melvin était en train de s'adresser à lui, le tirant de sa rêverie.

— Qu'est-ce que tu en penses ? demanda son supérieur.

Il jeta un coup d'œil à Tatiana pour se faire un avis. Elle avait l'air plutôt agacée. Si elle rejetait l'idée de Melvin, il ne pouvait que se ranger du côté de son patron.

— Je trouve que c'est une bonne idée ! déclara-t-il.

Tatiana ne venait-elle pas de serrer les dents ?

— Oui, la meilleure que j'aie entendue depuis bien longtemps, renchérit-il.

Tatiana semblait sur le point d'exploser.

Melvin s'enorgueillit.

— Tu vois, Tatiana, Cole est tout à fait d'accord.

Elle lui jeta un regard assassin.

Il ignorait complètement à quoi il venait d'acquiescer, mais du moment que cela déplaisait à Tatiana !

— Ecoute, Tatiana, ce n'est pas parce que l'idée te déplaît…

Mais de quelle idée Melvin était-il en train de parler ?

— … qu'il faut te mettre à bouder, dit-il.

— Tu as peut-être raison, déclara Tatiana, semblant changer son fusil d'épaule. C'est peut-être même un excellent projet, j'ai juste besoin de le voir sous le même angle que toi. Pourquoi ne pas me récapituler les choses à ta façon, afin de me donner une perspective différente ?

Qu'elle aille au diable !

Hélas, Melvin sembla ravi par sa proposition.

— Parfait ! C'est exactement à cela que nous devons jouer. Hepburn et Tracy. Ou bien, Jackson et Bubbles.

De quoi diable Melvin parlait-il ? Hepburn et Tracy étaient morts. Jackson et Bubbles ? Qui c'étaient, ces deux-là ?

— Melvin, sois raisonnable, dit Tatiana en adoptant un ton conciliateur. Ce sont bientôt les vacances, j'ai des obligations et un emploi du temps très chargé. Je suis sûre que c'est le cas de Cole, aussi.

Melvin se tapota les lèvres des doigts.

— Tatiana, j'apprécie que mon projet devienne votre priorité parmi toutes les tâches sur lesquelles vous travaillez en ce moment. Il vous suffit à Cole et à toi de trouver une date pour vous y mettre, puis de vous lancer. Je ne me fais pas de souci, car je sais que vous êtes tous les deux de grands professionnels.

Voilà, Melvin venait de clouer le bec à Tatiana. Si elle protestait, elle aurait l'air de manquer de professionnalisme. Bien joué, Melvin !

Mais en quoi diable consistait ce satané projet ?

2

— A propos de ce projet…, commença Cole alors qu'ils sortaient à peine du bureau de Melvin.

Tatiana aurait préféré l'ignorer, mais elle savait qu'en agissant ainsi elle risquait d'être accusée de ne pas coopérer suffisamment, voire de manquer de professionnalisme.

— Dans mon bureau ! déclara-t-elle sans se retourner.

Elle traversa le hall à grandes enjambées, s'efforçant de garder son calme, puis attendit que Cole soit entré derrière elle, referma la porte, et se retourna pour lui faire face.

Son bureau, qui était déjà de petite dimension, sembla encore plus étroit avec Cole à l'intérieur. C'était vraiment injuste qu'un homme détestable comme lui ait d'aussi incroyables yeux bleus, d'une teinte hésitant entre le bleu et le gris argent. Et tout aussi injuste que son pouls se mette à battre la chamade dès qu'elle se trouvait en sa présence. Ce qui était arrivé depuis le premier jour de leur rencontre.

Bien sûr, c'était aussi pour cette raison qu'elle le détestait : Cole semblait abuser de son charme avec tout le monde. Il était sexy mais beaucoup trop superficiel. De toute façon, que pouvait-on attendre d'un collègue qui avait obtenu son poste par relations ?

— Tu n'as pas entendu un seul mot de ce que Melvin a dit, n'est-ce pas ? demanda-t-elle.

— Exact, votre honneur.

Elle le dépassa, contourna son bureau et s'assit dans son siège, lui faisant signe d'un geste de la main de s'installer dans le fauteuil en face d'elle.

— Pourquoi nous faire perdre notre temps ? Tu ne pouvais pas être un peu plus attentif ?

Au lieu de s'asseoir comme elle le lui avait indiqué, il la suivit et se cala contre son bureau, y appuyant une hanche. Il était si près qu'elle sentait l'odeur boisée de son eau de toilette.

— Oh, je t'en prie, Tatiana ! Laisse tomber ! Tu sais très bien que Melvin entame chaque fois ce sempiternel soliloque et qu'il lui faut toujours une éternité avant d'en venir à l'essentiel. De plus, c'est ta faute si je n'ai pas entendu un seul mot de ses propos.

— Comment cela ?

— Je me suis laissé distraire par tes jambes. Elles sont superbes, et j'ai pensé…

— Arrête tout de suite ! l'interrompit-elle. Je n'ai pas besoin de connaître les errances de ton esprit. As-tu au moins entendu une partie de ce que Melvin a dit ?

Il laissa son regard errer sur ses jambes gainées de soie, s'attardant sur ses chevilles, la troublant autant que s'il l'avait effleurée du bout des doigts… ou des lèvres.

— Pas un seul mot, avoua-t-il.

Autant en terminer le plus vite possible afin qu'il quitte son bureau !

— Douglas Creighton veut que *Connaisseur* ait une présence plus forte sur le Web.

— Il a raison. Cela fait dix-huit mois que les demandes d'abonnement stagnent.

— Exactement. Il veut lancer le pilote d'un site Web le 1er janvier, et mettre en valeur une série d'articles dans lesquels nous donnerons chacun notre point de vue sur divers restaurants. Il pense que nos avis généreront du trafic sur le site parce que nous avons tous les deux des styles et des goûts différents.

— Tu vois, c'est vraiment une excellente idée !

Il croisa les bras sur son torse, et comme elle n'était pas aveugle, elle ne put s'empêcher de remarquer qu'il était plutôt musclé. Allons ! Elle n'allait tout de même pas se laisser distraire par son physique !

— Tu n'as pas l'air d'avoir tout compris. Il veut

que nous dînions ensemble au restaurant. A la même heure et à la même table.

Finalement, Cole devait avoir un cerveau en état de fonctionnement, parce qu'il eut soudain l'air horrifié. Jusqu'à présent, ils avaient toujours établi des critiques gastronomiques sur des lieux différents, et leurs contacts se limitaient aux réunions de rédaction.

— C'est à cause des contraintes de budget, expliqua-t-elle. Si nous dînons à la même table, nous pourrons chacun goûter la nourriture de l'autre. C'est autant de gagné pour la direction ! De plus, nous pourrons juger les mêmes serveurs au même moment.

— Et quand devons-nous commencer ? demanda Cole.

— Le lancement du site est prévu pour le 1er janvier. Melvin veut nos articles avant Noël. Le dossier prévoit que nous rédigions nos critiques sur un restaurant par semaine, en passant par diverses catégories de prix afin de contenter un maximum de lecteurs. L'équipe a besoin de quatre articles pour commencer, ce qui signifie quatre repas au restaurant.

— Ce qui implique que nous devrons dîner presque chaque soir ensemble d'ici Noël, fit remarquer Cole.

Elle constata avec plaisir qu'il n'avait pas l'air plus enthousiasmé qu'elle.

— Oui. Alors, qu'en dis-tu ? Il y a un moment tu prétendais que c'était la meilleure idée que tu aies entendue depuis bien longtemps.

— Peut-être, mais j'ai une vie privée.

Pardon ? Et elle ? Elle n'en avait pas ? Bon, peut-être pas beaucoup, mais il n'avait pas besoin de le savoir.

— Ah ! Eh bien, j'ai une bonne nouvelle pour toi. Moi aussi, j'ai une vie privée. Tu n'as qu'à amener ta petite amie, si tu veux.

— Je suis célibataire, ces derniers temps.

— Vraiment ? Tu parviens à te priver de femmes ?

— Et toi ? Tu as un petit ami ?

— Pas en ce moment, non.

D'ailleurs, cela faisait même plusieurs mois, mais ça aussi, elle préférait le garder pour elle.

Il lui décocha un grand sourire.

— Ah ! Tu laisses aux hommes le temps de faire un break ?

— En parlant de break, enchaîna-t-elle sans relever sa pique, je crois que nous allons devoir nous dépêcher de nous mettre au boulot. Tiens, on va se partager la liste des réservations.

— D'accord, je vais prendre les deux dernières.

Qu'il prenne ce qu'il voulait, et qu'on en termine ! Ces vacances de Noël étaient en train de se transformer en pur cauchemar !

Le lendemain, tout en riant à une plaisanterie de Misha Siebowitz, Cole prit place dans le cercle d'Amour de la Saison voulu par Melvin, juste en face de Tatiana. Il voulait voir son expression lorsqu'elle ouvrirait son cadeau de Noël.

Melvin avait décrété que l'échange de cadeaux aurait lieu dans la salle de pause. Les petites tables de bistrot avaient été poussées contre les murs, et il avait demandé à Elle d'arranger les chaises en cercle autour de l'une des tables sur laquelle trônaient les cadeaux. La salle n'était pas très grande, et ils étaient quasiment aussi serrés que des sardines en boîte. Un sapin factice avait été installé sur une des tables et quelqu'un, certainement Elle, avait disposé de petites guirlandes lumineuses autour de la pièce. Pour couronner l'ambiance, la stéréo diffusait un pot-pourri d'airs de Noël.

Melvin frappa dans ses mains.

— Installez-vous tous, nous allons commencer l'échange de cadeaux. Rappelez-vous, c'est un échange anonyme, alors ne vous trahissez pas lorsque votre cadeau sera ouvert. C'est Elle qui ouvrira son cadeau la première, et nous continuerons le cercle par la droite. Elle, si tu veux bien aller chercher le cadeau qui porte ton nom.

Tatiana était assise à côté d'Andy, l'un des deux correcteurs d'épreuves, qui lui-même se trouvait juste à côté d'Elle. Le tour de Tatiana viendrait donc bientôt. Parfait.

Chacun poussa des cris de surprise ravis en découvrant l'ensemble de serviettes de cocktail et le verre de martini surmonté d'un chapeau de Noël qui faisait office de cadeau pour Elle. Le paquet d'Andy contenait des friandises. Tout ceci était bien joli, mais guère excitant. Cole se rendit soudain compte qu'il ne se serait pas autant amusé s'il n'avait pas pioché le nom de Tatiana.

Il retint un sourire lorsqu'elle se leva et se dirigea vers la table pour prendre son cadeau. Avait-elle délibérément choisi de porter ces bottes à talons aiguilles afin qu'il ne puisse pas contempler ses jambes, aujourd'hui ? Si c'était le cas, elle allait être déçue parce que ces fabuleuses bottes portées avec sa courte jupe écossaise et son pull noir la rendaient encore plus sexy.

Tatiana se rassit dans son siège et déballa son cadeau. Soudain, toute couleur sembla s'évanouir de son visage et il dut retenir l'immense éclat de rire qui montait en lui.

— Qu'est-ce que c'est ? demanda Andy en jetant un coup d'œil par-dessus l'épaule de Tatiana.

— Tu dois le montrer, tu sais ! déclara Elle.

Tatiana leva le cadeau devant elle, et tous leurs collègues éclatèrent de rire.

Le livre *La Gastronomie pour les nuls.*

Tatiana lui jeta un regard interrogateur, mais il

haussa les épaules, et leva les deux mains devant lui en signe de dénégation.

— Inutile de m'accuser ! s'esclaffa-t-il. Cela dit, je trouve que c'est le cadeau parfait.

Voilà, il n'avait ni nié ni acquiescé. Tatiana ignorait toujours qui venait de faire d'elle la risée de leur groupe.

— Un cadeau si parfait que je consens à te le prêter, marmonna Tatiana, qui déclencha de nouveaux rires.

Bon sang ! Depuis quand ne s'était-il pas diverti ainsi ? Il n'y avait rien de plus drôle que de parvenir à ridiculiser une harpie devant un groupe de collègues. Et tant pis s'il ne pouvait pas avouer que c'était bien lui l'auteur de cette farce.

Il était si content de sa blague qu'il prêta à peine attention à l'ouverture des cadeaux suivants. Soudain, Misha lui tapota l'épaule.

— C'est à toi, Cole.

Il restait si peu de cadeaux sur la table qu'il trouva tout de suite le sien. Il prit le paquet emballé de papier doré, et se rassit pour l'ouvrir. Qu'est-ce que… ?

Il éclata de rire en déballant un immense bavoir qu'il leva devant lui, déclenchant de nouveau l'hilarité générale.

— Je suis certain que la personne qui me l'a offert espérait piocher le nom de Tatiana, tout comme elle doit avoir hâte que je le lui prête, dit-il.

Les derniers employés du service ouvrirent leurs

cadeaux, et peu de temps après, le petit groupe se dispersa. Cole s'arrêta dans le bureau de Tatiana.

— Je voulais passer t'offrir mon bavoir, dit-il.

— C'est très aimable à toi, mais non merci.

— Qui sait ? Tu pourrais en avoir besoin. Au fait, à quelle heure allons-nous dîner, ce soir ?

— J'ai fait des réservations pour dix-neuf heures trente.

Elle poussa le manuel de la gastronomie pour les nuls au bout de son bureau, vers lui.

— N'hésite pas à me l'emprunter, tu dois en avoir besoin. Je pense que d'ici ce soir, tu as encore le temps de lire quelques chapitres, déclara-t-elle en lui adressant un sourire mielleux.

— Merci, je vois que tu es toujours aussi charmante.

Pourtant, Tatiana avait la bouche la plus sexy de la planète. Soudain, il ressentit l'urgent besoin de l'embrasser. Une fois, rien qu'une fois. Dire que, parmi les millions de femmes qui habitaient Manhattan, la seule qui semblait capable de l'exciter était cette mégère de Tatiana ! A moins qu'il n'ait une fâcheuse tendance à toujours vouloir ce qui était hors de sa portée.

Il planta ses deux mains sur son bureau et se pencha par-dessus la grande plaque de verre à travers laquelle il voyait ses jambes parfaitement mises en valeur dans ses superbes bottes. N'importe quelle autre femme aurait eu un mouvement de recul en voyant son espace ainsi envahi, mais Tatiana s'en abstint. Elle allait le rendre dingue ! Il s'approcha encore plus près, jusqu'à ce que leurs souffles se mêlent.

— As-tu l'intention de porter ces bottes pour le dîner ?

— Ça te ferait plaisir ? susurra-t-elle d'une voix séductrice.

Si elle croyait qu'il était dupe ! Il se redressa, et la fixa.

— Je ne me fais pas d'illusions. Si je te dis que j'aimerais te les voir porter, je suis sûr que tu choisiras une autre paire. Et si je dis le contraire, tu les mettras juste pour m'embêter. Fais-moi donc la surprise.

Il vit une lueur d'amusement danser dans ses yeux.

— Compte sur moi. Et ferme ma porte en sortant, tu veux bien ?

Voilà, la déclaration de guerre était lancée.

3

Tatiana indiqua l'adresse au chauffeur de taxi et sortit son miroir de poche de son sac à main pour vérifier son maquillage. Certes, il s'agissait d'un rendez-vous professionnel et non galant, mais elle n'allait tout de même pas se rendre à ce dîner en ressemblant à une vieille sorcière. Non, ce n'était pas pour Cole Mitchell qu'elle se pomponnait, elle avait juste envie d'apparaître à son avantage.

Elle savait depuis longtemps qu'elle n'avait rien d'une beauté, mais elle avait appris à mettre ses traits en valeur, ou plus exactement, comme le disait toujours grand-mère Rumasky, à s'accommoder au mieux de ce que Dieu lui avait offert, aussi bien ses boucles folles que son grand nez. Et au fil du temps, elle avait cessé d'être jalouse de toutes les plus jolies filles de la terre.

Elle referma son miroir et le glissa dans son sac.

Tournant la tête, elle se rendit compte qu'elle n'était plus qu'à quelques centaines de mètres du restaurant.

— Laissez-moi au coin ! demanda-t-elle au chauffeur en rassemblant ses sacs de shopping.

Elle ferait le reste du chemin à pied. Elle adorait l'ambiance festive de New York à cette période de Noël, mais elle était souvent trop prise par son travail pour s'accorder le temps de flâner dans les rues.

Elle régla la course, quitta le véhicule et se dirigea vers le restaurant, frissonnant dans sa veste en lainage. Il faisait plus froid qu'elle ne l'avait cru, mais en marchant elle se réchaufferait vite.

Un moment plus tard, elle remarqua Cole, qui l'attendait devant le restaurant. Elle avait beau le détester, il fallait bien admettre qu'il était fort élégant dans son grand manteau noir. Il leva les yeux vers elle et durant un bref instant, elle eut la sensation qu'il n'existait plus aucune animosité entre eux.

— Bonsoir, dit-il.

— Bonsoir. Pourquoi est-ce que tu n'es pas allé t'installer à l'intérieur ?

— Je ne voulais pas que tu attendes dehors, pensant que je n'étais peut-être pas arrivé.

Oh, non ! Elle n'avait aucune envie de découvrir que Cole cachait des trésors de galanterie. Qu'il garde ses tactiques de charme pour une autre ! Elle ne l'aimait pas, et cela n'était pas près de changer. Fin de l'histoire.

— Bon, quoi qu'il en soit, avant que nous entrions, je ne suis plus Tatiana Allen, mais Tempest Altman.

Tous les critiques gastronomiques n'utilisaient pas de pseudonyme lorsqu'ils dînaient au restaurant, mais comment bien faire son travail si ce n'était de façon anonyme ? Une fois, elle avait rédigé une critique bien peu flatteuse pour un chef qui avait refusé de remporter en cuisine un poisson beaucoup trop cuit. Lorsque l'article était paru, le chef en question avait téléphoné au magazine pour lui dire qu'il aurait obtempéré s'il avait su qui elle était.

Comment écrire des chroniques honnêtes si les restaurateurs lui prodiguaient des traitements de faveur ?

— Très bien. Moi, je serai Mitch Colman.

Ils s'observèrent un instant, et, d'un geste de la main, il l'invita à pénétrer dans le restaurant.

— Je t'en prie, après toi.

Ils étaient parfaitement à l'heure et le maître d'hôtel les installa rapidement à une table au milieu de la salle. Tatiana prit mentalement note qu'aucun des serveurs ne semblait survolté, bien que la plupart des tables soient déjà occupées. Par ailleurs, tous les clients semblaient satisfaits.

Un premier bon point pour cet établissement.

Quelques minutes plus tard, ils écoutaient les recommandations du sommelier, et elle constata avec plaisir qu'il leur suggérait des vins de prix tout à fait abordables plutôt que de les inciter d'emblée à choisir des grands crus. Un autre bon point en faveur du restaurant, si le vin s'avérait aussi agréable que le sommelier l'avait indiqué.

Lorsqu'ils se retrouvèrent seuls, elle leva la tête, et ses yeux plongèrent aussitôt dans ceux, gris argent, de Cole. Un horrible silence s'installa entre eux. Maintenant qu'ils avaient fait leurs choix… qu'allait-il se passer ? Ils ne pouvaient pas discuter de travail, car cela risquerait de griller leur couverture.

Cole gigota sur son siège et son genou effleura le sien. Aussitôt, une pointe d'adrénaline la traversa, et elle songea qu'il faudrait noter dans son article que les tables étaient trop petites pour un rendez-vous d'affaires.

Il la regarda en souriant, et elle ne put réprimer un petit frisson. Bon sang ! Comment pouvait-il être aussi détestable et aussi… séduisant ?

— Je vois que tu as décidé de porter tes jolies bottes, dit-il. Excellent choix.

Elle haussa les épaules.

— De toute façon, je n'avais pas le temps de rentrer chez moi me changer avant le dîner. J'habite trop loin, et j'avais un peu de shopping à faire.

Le vin leur fut servi et on apporta aussitôt son assiette de calamars frits et la bruschetta de Cole. Les calamars ne faisaient pas partie de ses plats favoris, mais étant donné qu'ils figuraient à la carte de très nombreux restaurants, elle se faisait un devoir d'en commander souvent, sachant que les clients feraient de même, et que c'était son travail d'évaluer les spécialités proposées. Elle en goûta une bouchée. La pâte à frire était légère, et la pointe de gingembre donnait une note intéressante, mais à sa grande déception, l'encornet n'était pas aussi frais qu'il l'aurait dû étant donné son prix sur la carte. En revanche, le pinot gris suggéré par le sommelier était parfait, délicat et gouleyant à la fois. Elle était sur le point de goûter un morceau de la bruschetta de Cole, lorsqu'un homme aux fins cheveux blonds apparut soudain à leur table.

— Mitchell ? C'est bien toi ? demanda l'inconnu en donnant une grande tape dans le dos de Cole. Ça fait un bail ! Cinq ans, non ?

Après quatre ans passés à vivre à New York, Tatiana parvenait sans mal à deviner la profession des personnes qu'elle rencontrait. Avec sa chemise blanche au premier bouton détaché et sa cravate légèrement dénouée, cet homme semblait tout droit sorti de Wall Street.

— Quelque chose comme ça, marmonna Cole.

Comme c'était curieux ! Lui, habituellement si extraverti et engageant était soudain des plus réservés.

— Tu nous présentes ? demanda l'inconnu en désignant Tatiana du doigt.

Pourquoi lui déplaisait-il déjà ?

— Tempest, je te présente Parker Longrehn. Parker, voici Tempest Altman.

— Bonsoir, dit-elle d'un air distant.

— Tout le plaisir est pour moi, répondit Parker en la dévisageant outrageusement.

Cole la regarda d'un air possessif.

— Tempest est… une très bonne amie.

Parker jeta sans vergogne un regard à l'annulaire gauche de Tatiana.

— Mmm, ta belle amie me semble libre. Pas de chasse gardée, on dirait !

Bon, Cole et elle n'étaient peut-être pas les meilleurs amis du monde, et elle n'appréciait pas du tout la façon dont il avait obtenu son poste, mais ce Parker Longrehn n'était qu'un abruti… Et un abruti malpoli, qui plus est !

Elle tendit la main sur la table et mêla ses doigts à ceux de Cole, et eut la sensation qu'un courant d'énergie passait entre eux deux.

— Considérez que je ne suis plus libre, dit-elle, en jetant à Cole un regard amoureux pour renforcer sa prestation.

— Tant pis ! Une de perdue, dix de retrouvées, rétorqua Parker. Mais si jamais vous changez d'avis…

Décidément, cet idiot méritait qu'on lui mette les points sur les i !

— Ça n'est pas près d'arriver. Aucun homme ne fait le poids à côté de Cole !

Le sourire de Parker s'évanouit, et il les quitta quelques secondes plus tard.

— Un vieux copain de fac ? demanda-t-elle en tendant le bras pour goûter un morceau de la bruschetta de Cole.

— Nous étions dans la même fraternité, mais Parker n'est qu'un crétin qui s'est toujours mal comporté avec les femmes !

Il y avait quelque chose de si galant dans la façon dont Cole avait voulu écourter leur rencontre avec Parker, qu'elle avait du mal à trouver ses mots, et Dieu savait que cela ne lui arrivait pas souvent.

— Eh bien… Merci de m'avoir protégée de cet… envahisseur.

— C'est toi qui as été brillante, ma chère. Tu as presque réussi à me convaincre que tu étais folle de moi. Attention ! Je pourrais m'y habituer !

— Si j'étais toi, je m'en abstiendrais. En fait, je suis très bonne comédienne, tu sais. Je pourrais peut-être me reconvertir si un jour *Connaisseur* ne veut plus de moi !

A sa grande surprise, elle se rendit compte qu'elle passait un bon moment. Avec Cole Mitchell ? C'était vraiment surprenant.

Le serveur apparut et remplit leurs verres d'eau

puis débarrassa leurs assiettes. Les calamars étaient médiocres, mais la bruschetta excellente, et le service parfait.

— Alors, tu passes tes vacances de Noël en famille ? demanda-t-elle.

— Mmm.

— Qu'est-ce qu'il y a ?

— Si tu veux tout savoir, mon père s'est remarié plusieurs fois et… disons que, durant notre enfance, mes belles-mères successives n'étaient guère ravies de nous voir débarquer, ma sœur Connie et moi, pour les vacances. Dès que nous avons été assez grands, nous avons décidé de passer nos vacances seuls, elle et moi. A présent, elle est mariée et maman d'un bébé, et je passe mes vacances avec eux trois.

Ainsi, Cole n'était pas ce petit garçon choyé et gâté qu'elle croyait ? Elle n'allait peut-être pas passer le jour de Noël dans l'Indiana, dans la maison où elle avait grandi, mais elle savait qu'elle pouvait y retourner à la moindre occasion. Elle avait l'impression d'avoir senti une pointe de vulnérabilité dans les propos de Cole, mais bien sûr, si elle le lui faisait remarquer, il nierait tout !

Le serveur apporta leurs plats. Des médaillons de porc pour Cole, et du poulet grillé pour elle.

— Et toi ? Qu'est-ce que tu fais durant tes vacances ? demanda Cole.

— Rien de bien spécial.

Elle lui parla de la croisière de ses parents, et évoqua les intentions nuptiales de sa grand-mère.

— Tu m'as l'air de vivre au sein d'une famille heureuse, fit-il remarquer.

— Oui, c'est le cas.

Bon sang ! Maintenant, elle se sentait coupable d'avoir grandi dans une famille unie, contrairement à lui.

— Tu n'as pas de frère ou de sœur ? s'enquit Cole.

— Non, je suis seule.

— C'est aussi bien comme cela. Je ne crois pas que le monde pourrait supporter une autre femme d'un tempérament aussi fort que le tien, plaisanta-t-il.

Sans même réfléchir, elle lui tira la langue, tout en sentant un frisson la parcourir.

— Tu n'en souffres pas ?

— De quoi ? D'être fille unique ?

Elle pourrait facilement esquiver sa question, mais étant donné qu'il s'était ouvert à elle, elle décida de lui répondre avec franchise.

— Parfois, j'aimerais bien avoir une sœur, mais quand je vois combien les fratries peuvent parfois se déchirer, je me dis que c'est aussi bien comme cela.

— Je ne parlais pas de frère ou de sœur.

— Oh !

Dans ce cas… Oui, elle aurait bien aimé avoir

quelqu'un pour partager sa vie, mais ça, elle n'allait pas le lui confier !

— Non, répondit-elle, je ne me sens jamais seule. Ma vie me plaît comme elle est.

Elle aurait dû en rester là, mais elle ne put s'empêcher de lui retourner sa question.

— Et toi ? La solitude ne te pèse pas ?

— Cela m'arrive parfois, avoua-t-il.

Mon Dieu ! Cette soirée était en train de tourner au véritable désastre ! Non seulement elle se rendait compte à quel point Cole Mitchell était infiniment sexy, mais en plus elle était en train de découvrir que sa compagnie était des plus agréables !

4

— Salut ! Rendez-vous dans la salle de pause dans dix minutes, annonça Elle en passant la tête dans l'embrasure de sa porte. Il est temps d'ouvrir une nouvelle tournée de cadeaux.

— Merci, j'y serai, répondit Cole.

— Melvin a aussi demandé que je voie avec toi comment s'est passé votre dîner, hier soir.

Traduction : quand aurait-il sa première chronique ?

— Très bien. Je travaille justement sur mon article.

— Dans ce cas, je ne te retarde pas, dit Elle.

Le retarder ? Ça c'était quelque chose qu'il faisait très bien tout seul. Il était incapable de se concentrer, en tout cas pas sur le sujet désiré.

Hier soir, lorsque Parker avait jeté un regard de convoitise sur Tatiana, il avait senti monter en lui un inexplicable sentiment de possession. Jamais il n'avait éprouvé cela, sauf peut-être à l'encontre de sa sœur, car il n'était pas du genre à s'attacher. Pourtant, devant le regard de loup affamé de Parker, une seule pensée lui avait traversé l'esprit.

Ne touche pas à Tatiana ! Elle est à moi ! Etait-il en train d'oublier toute raison ? Tatiana était amusante, il adorait la faire enrager, et il était évident qu'il existait une certaine attirance entre eux, qu'elle l'admette ou non.

Non, inutile de s'inquiéter ! Il n'était pas près de perdre la tête pour Tatiana Allen, mais il fallait bien reconnaître que les choses étaient beaucoup plus intéressantes lorsque mademoiselle la râleuse entrait en scène.

— Reconnais-le, cet échange de cadeaux était amusant, aujourd'hui, non ? demanda Elle, qui se démenait sur le tapis de jogging voisin dans la salle d'entraînement au troisième étage de l'immeuble de *Connaisseur.*

Tatiana sentit une goutte de sueur perler le long de son cou. Elle détestait le sport, mais il fallait bien éliminer toutes ces calories avalées pour ses critiques gastronomiques.

— Ça, oui, ça l'était !

— C'est Cole qui a eu le plus beau cadeau, hier, déclara Elle.

Tatiana fit tout son possible pour ne pas se rengorger.

— Mais c'est toi qui as décroché le pompon, aujourd'hui, poursuivit Elle. Tu aurais dû voir ta tête lorsque tu as ouvert ce coffret d'huile de massage à la liqueur de fraises.

Tatiana attrapa sa bouteille d'eau sur le support devant elle, et en but une longue gorgée, sans cesser de courir.

— Je ne m'attendais pas du tout à cela, dit-elle après avoir reposé sa bouteille.

Et cette huile de massage l'avait fait fantasmer.

— Ce sont toujours les cadeaux les plus inattendus qui sont les meilleurs, affirma Elle. Dis-moi ce que tu en penses lorsque tu l'auras essayée. J'en achèterai peut-être pour Teddy et moi.

— Ce ne sera pas pour tout de suite, décréta Tatiana. Ce genre de produit nécessite d'être à deux, or, pour l'instant, je suis célibataire.

Ses fréquents voyages occasionnés par son travail avaient mis un terme à sa dernière relation amoureuse. A quoi Max s'était-il attendu ? A ce qu'elle passe toutes ses soirées à la maison ? Son boulot, c'était de sortir tester des restaurants, pas de rester avachie devant la télévision à regarder un match ou une émission de variétés. Max était sorti de sa vie depuis plusieurs mois, et elle n'avait eu ni le temps ni l'envie de le remplacer.

Et ce n'était pas parce qu'elle était en train de

penser à Cole Mitchell, qu'elle allait essayer cette huile sensuelle avec lui. Oh, certes, après avoir ouvert son paquet, elle avait bien eu une vision de lui en train de la masser, laissant errer ses larges mains sur ses épaules, dans son dos, et en divers points beaucoup plus intimes. Mais elle avait aussitôt chassé ces pensées de son esprit.

Si elle songeait aussi souvent à lui ces derniers temps, c'était parce qu'il était au cœur de son univers, étant donné qu'elle avait plusieurs cadeaux à lui acheter, et qu'ils devaient dîner ensemble et comparer leurs choix pour leurs critiques gastronomiques. Et… oui, peut-être avait-il une certaine façon de la regarder qui la troublait parfois. Mais si elle éprouvait de curieux sentiments à son endroit, c'était surtout parce qu'il était le seul homme à faire partie de sa vie depuis bien longtemps.

Comme c'était pathétique !

— Tu veux que nous échangions nos cadeaux ? proposa Elle.

Tatiana ralentit sa course, puis s'arrêta.

— Tu me proposes ta boîte de chocolats contre mon huile parfumée ?

Elle fit mine de réfléchir.

— Heu… Non merci. Le flacon attendra sur mon étagère le temps que je trouve quelqu'un avec qui le partager. Par ailleurs, je n'ai pas envie de devoir courir encore plus sur cet instrument de torture pour éliminer les calories d'une boîte de chocolats !

Elle se mit à rire.

— Ne m'en veux pas d'avoir essayé. Je me doutais que tu répondrais cela. Tu n'as pas envie de savoir qui t'a offert ce présent, ni ce qu'il a en tête ? Aujourd'hui une huile de massage… Et demain ?

Tatiana quitta son tapis de course, l'abandonnant à une prochaine victime.

— C'est vrai, je suis intriguée, mais n'importe qui aurait pu me faire ce cadeau. Excepté Melvin, bien sûr. Quelles que soient les pilules qu'il absorbe en ce moment, je ne crois pas qu'il m'offrirait une huile de massage. Peut-être quelqu'un a-t-il voulu me faire une plaisanterie ?

— Peut-être. Peut-être pas. Et si le Père Noël était l'un de tes admirateurs secrets ? suggéra Elle d'un ton mélodramatique.

— Je crois plutôt que mon Père Noël secret a un grand sens de l'humour, répondit Tatiana.

— Il y a vraiment eu des cadeaux amusants, aujourd'hui. Ceux de Melvin et de Cole étaient intéressants, eux aussi.

— Oui, tous les deux drôles et à propos, rétorqua-t-elle d'un air détaché.

Tatiana savait qu'Elle allait à la pêche aux informations. Quelqu'un avait offert à Melvin un pilulier hebdomadaire, avec des compartiments à trois cases, pour les médicaments quotidiens, comme celui que grand-mère Rumasky utilisait. Etant donné que tout le monde savait que Melvin se gavait de médicaments, chacun, lui compris, s'était esclaffé.

Elle avait trouvé la cuiller en argent dans la seconde boutique qu'elle avait visitée. De nouveau le groupe, Cole inclus, avait éclaté de rire. Non, elle ne se sentait pas coupable de lui avoir offert un tel cadeau. Oh, peut-être juste un peu, mais cela l'aidait à se rappeler que, même si elle commençait à trouver beaucoup de charme à son compagnon de dîner, il n'avait obtenu son poste que par ses relations familiales. Et s'il voulait se servir de l'influence de sa famille dans sa carrière, il devait jouer le jeu jusqu'au bout.

Quelques jours plus tard, le mercredi soir, Tatiana et Cole en étaient à leur troisième dîner. Cole contempla la lueur des bougies qui créait des ombres sur le visage de Tatiana. Ce soir, ils se trouvaient dans un restaurant de spécialités de poissons, dans le quartier des théâtres. La veille, ils avaient dîné dans un établissement qui servait de savoureuses grillades, du côté de Harlem.

— Au moins, Melvin nous offre de la variété, fit remarquer Tatiana.

— C'est vrai. Hier soir des grillades et des airs

de blues. Ce soir une cuisine de la mer, et des airs romantiques au saxo.

Même si cela avait limité le nombre de tables dans la salle, chacune d'elles était séparée des autres par de grands palmiers en pots et des paravents, le tout créant un véritable décor exotique. Musique aidant, on avait l'impression de se trouver dans le cadre nostalgique du film *Casablanca*.

Cole posa sa fourchette. La bouchée de bar grillé à la mangue, relevé d'une pointe de poivre rouge, fondait dans sa bouche. La saveur en était intéressante sans être trop élaborée.

— Très bon choix, déclara-t-il à Tatiana à propos de l'entrée qu'elle avait choisie.

Il aimait partager de la bonne nourriture. Bien sûr, le revers de la médaille de la profession de critique gastronomique était qu'il lui arrivait parfois de goûter à de la nourriture médiocre, ou d'avoir droit à un service lamentable, le pire des scénarios étant la combinaison des deux. Partager un bon dîner avec Tatiana lui procurait une curieuse sensation d'intimité. Pourquoi déclenchait-elle de si étonnantes sensations en lui ?

— Tu veux goûter mon plat ? proposa-t-il.

— Juste un morceau.

En temps normal, il se serait contenté de déposer un morceau de sa truite fumée dans son assiette, mais ce soir, il ne put résister à l'envie de lui faire goûter son plat à l'aide de sa fourchette.

Tatiana avait une bouche ravissante et des plus sensuelles, incitant aux fantasmes les plus dangereux. Oui, il se voyait déjà en train de l'embrasser, et l'imaginait, plantant des baisers sur son torse, sur son ventre, effleurant sa peau nue de ses cheveux flamboyants, et continuant à déposer des baisers de plus en plus bas, jusqu'à…

Stop ! Il ne pouvait pas se laisser aller à fantasmer au beau milieu d'un dîner professionnel !

Tatiana hésita juste une seconde, puis se pencha en avant et prit sa fourchette entre ses lèvres. Elle garda la nourriture dans sa bouche durant un moment, les yeux à demi clos, semblant se concentrer sur la texture et la saveur de la truite. Puis, elle commença à mâcher avec lenteur. Une nouvelle vague de désir le saisit, mais par chance, Tatiana termina rapidement sa bouchée.

— Je me demandais si la saveur du fenouil ne prendrait pas trop le pas sur celle du poisson, mais en fait, le mélange est savoureux, dit-elle.

— C'est vrai.

Et quel moment délicieux elle venait de lui faire vivre là ! Rien qu'en mangeant un morceau de poisson !

Il eut l'impression de voir une petite lueur s'allumer dans ses yeux, mais elle disparut aussitôt.

— Dis-moi, parmi tous les voyages que tu as effectués, l'an passé, quelle est ta destination favorite ? demanda-t-elle.

Il décida de saisir au vol ce soudain changement de sujet.

— Sans aucun doute, c'est Corfou, avec ses journées éclaboussées de soleil et sa nourriture simple et délicieuse à la fois. Il y a une taverne, juste au bord de la plage de petits galets blancs, dans laquelle ils servent un sublime saganaki de crevettes, des crevettes fraîches sautées à l'ail, à l'huile d'olive, aux tomates et à la féta.

— Arrête ! Tu vas me faire saliver !

Il esquissa un sourire.

— C'est un endroit merveilleux. J'ai séjourné dans une magnifique villa blanche au milieu des champs d'oliviers. Ma chambre surplombait la mer Ionienne, et durant la journée mon lit était illuminé de soleil. Je pouvais rester allongé et contempler les quelques nuages qui s'aventuraient parfois dans le ciel d'un bleu toujours éclatant. Tu sais, là-bas, on accroche les draps dehors pour les faire sécher au soleil.

Elle se mit à rire.

— Oui, c'est plutôt surprenant dans notre monde moderne, n'est-ce pas ? Grand-mère Rumasky et ma mère font cela, elles aussi. J'adore voir les draps sécher dans le jardin quand je rentre chez nous.

Elle sirota une gorgée de vin, et planta son regard dans le sien.

— Tu viens de faire une description si exquise de Corfou que cela me donne envie d'y aller. Il faudra que j'essaie ta petite taverne !

— Je suis sûre qu'elle te plaira.

C'était peut-être fou, mais après seulement trois soirées passées ensemble, il pensait savoir d'instinct ce qui lui plairait ou non.

Soudain, une idée folle lui traversa l'esprit. Il aurait adoré s'allonger avec elle dans des draps de coton frais, dans ce lit éclaboussé de soleil et lui faire l'amour avec langueur durant tout l'après-midi…

— Ça m'a l'air vraiment bien.

Il sursauta, et se rendit compte qu'elle parlait de Corfou, et non de son fantasme.

— Et toi ? demanda-t-il. Quel est ton lieu préféré ?

— Prague. Es-tu déjà allé là-bas ?

Comme il secouait la tête, elle continua.

— Il y a une élégance surannée dans cette ville, qui ressemble presque à un décor de théâtre. Elle est traversée par la rivière Vlatva, et l'un des lieux les plus romantiques est le vieux pont Charles avec ses statues baroques. Non seulement cette ville est magnifique, mais elle a une place particulière dans mon cœur parce qu'elle ne se situe pas très loin du pays de mes ancêtres. Mes arrière-grands-parents ont quitté la Russie en 1916, lorsque les Bolcheviques ont pris le pouvoir.

— Comment ont-ils fait pour s'enfuir ? demanda-t-il, fasciné.

— Tu connais bien l'histoire de la Russie ?

— Non, très peu.

Elle lui en retraça les grandes lignes, tout en évoquant la jeunesse de son grand-père, un imprimeur, et le pays natal de ses grands-parents d'où ils avaient fui avec leurs cinq enfants et seulement vingt dollars en poche.

— Vingt dollars seulement ? s'étonna Cole. Comment s'en sont-ils sortis ?

— En travaillant dur. Cela a toujours été la ligne de conduite de la famille Rumasky. En dix ans, mon grand-père a pu acquérir une imprimerie comme celle qu'il avait en Russie.

Elle s'interrompit un instant.

— Désolée, je me suis laissée emporter par mes souvenirs.

— Tu plaisantes ? Je pourrais rester assis là à t'écouter toute la nuit. L'histoire de ta famille semble si riche ! C'est un véritable roman. De mon côté, mon père a peut-être battu des records question mariage, mais il n'y a rien d'intéressant dans l'histoire familiale, en tout cas, rien que je connaisse.

Il se mit à rire.

— Je parie que personne n'a jamais divorcé dans ta famille.

Elle secoua la tête.

— Perdu ! Ma cousine Katrina et son mari Barney ont divorcé. Katrina avait décidé de faire une surprise à son mari, un soir, en rentrant plus tôt du travail. Hélas, c'est elle qui a été surprise en découvrant son mari vêtu de ses sous-vêtements en dentelle. Elle l'a tout de suite fichu à la porte !

Tatiana lui fit un clin d'œil.

— L'échange de sous-vêtements n'est pas très bien vu dans l'Indiana, déclara-t-elle.

Cole rit de sa remarque spirituelle, mais apparemment, elle n'en avait pas fini avec ses révélations.

— Quant à ma grand-mère Rumasky, ses maris meurent tous les uns après les autres. Ceci dit, cela lui permet de rester fidèle à ses vœux et à ce fameux « jusqu'à ce que la mort nous sépare », plutôt que de divorcer.

— Est-elle aussi cynique que toi ? C'est peut-être ça qui fait trépasser ses époux.

— Très drôle !

Elle prit un air moralisateur.

— Toutes les femmes de ma famille sont charmantes et adorables.

— Tu le caches bien !

— Fais attention à ne pas me faire trop de compliments !

Cole se rendit compte qu'il était en train de passer l'une de ses meilleures soirées depuis… depuis très, très longtemps. La conversation avec Tatiana était des plus amusantes et il avait toute conscience que leur relation commençait à sortir du cadre professionnel. Ils étaient presque arrivés à la fin du repas, et il ne leur restait plus que les desserts à déguster, mais il n'avait aucune envie que la soirée se termine déjà.

Comme s'il avait lu dans ses pensées, le serveur apparut et desservit leurs assiettes.

— Dois-je vous apporter la carte des desserts ?

— Non, laissez-nous quelques minutes, demanda Cole.

Le serveur hocha la tête et s'éloigna.

Tatiana le regarda d'un air interrogateur.

— Je propose que nous dansions, dit Cole.

— Pourquoi ? demanda-t-elle d'un air surpris.

— Nous sommes là pour établir une critique sur ce restaurant, non ? Danser fait partie de l'expérience.

Dans un coin, un quatuor jouait des airs de jazz, et une piste avait été installée au milieu de la salle. Décidément, ce restaurant méritait une excellente note.

— Mmm, tu as peut-être raison, répondit Tatiana d'un air peu convaincu.

— Alors ? demanda-t-il en se levant et en lui tendant la main.

Elle hésita un instant, puis le suivit.

Il la prit dans ses bras, et aussitôt une immense joie l'envahit. Qui aurait cru qu'il éprouverait autant de plaisir à la tenir ainsi ? Que ses courbes répondraient aussi bien à son corps, comme si elle était faite pour lui ?

Sa main était chaude dans la sienne, et il l'attira un peu plus à lui. Ils étaient si près qu'il pouvait humer son parfum fleuri, et ses tempes étaient dangereusement proches de ses lèvres.

Lorsqu'ils tournèrent au coin de la piste de danse, ses hanches sensuelles effleurèrent un instant les siennes, et il eut la sensation qu'un incendie naissait au creux de ses reins.

— Tu es une excellente danseuse, lui murmura-t-il à l'oreille.

Elle lui plaisait tant qu'il devait se retenir pour ne pas lui mordiller le lobe.

Tatiana redressa la tête, et, durant un moment, il eut la sensation que son regard était une invitation à aller plus loin, mais elle détourna très vite les yeux. Hélas, ses lèvres étaient douloureusement près des siennes, et sa joue effleurait son menton.

Soudain, il sut exactement ce qu'il voulait pour Noël.

Il inhala de nouveau son parfum fleuri et esquissa un sourire.

Il ne lui restait plus qu'à la convaincre.

5

Le lendemain après-midi, Tatiana termina de taper sa chronique et enregistra son dossier sur son disque dur.

Elle se massa les tempes. Plus aucun doute n'était possible. Cette période de Noël était la pire de sa vie. Elle avait commis l'impensable en tombant amoureuse de Cole Mitchell.

Comment cela avait-il bien pu arriver ? Ce dont elle se souvenait, c'est que durant un instant Cole avait évoqué Corfou en la contemplant avec ses grands yeux gris-bleu, et soudain, elle avait eu envie de nager nue avec lui dans la mer Ionienne et de passer l'après-midi au lit dans des draps embaumant le soleil.

A moins que cet engouement n'ait commencé lorsque Parker Longrehn avait surgi à leur table ? Grand Dieu ! Peut-être même s'était-elle entichée de lui dès le premier jour de leur rencontre, lorsqu'il lui avait décroché un de ses fabuleux sourires. Etait-ce pour cela qu'elle s'était dépêchée de répandre la nouvelle selon laquelle Cole avait obtenu son poste par relations ? Pour ne pas tomber amoureuse de lui ?

Quoi qu'il en soit, au moment où ils avaient dansé ensemble, tous les ressentiments qu'elle avait pu avoir à son encontre s'étaient effondrés. Plus aucun obstacle n'existait. Oui, en sentant sa main ferme posée sur sa taille, son souffle contre sa peau, ses lèvres effleurer son oreille, elle s'était sentie plus vivante que jamais. Comme elle aurait voulu que Cole aille plus loin ! Dieu merci, elle avait retrouvé ses esprits avant de faire quelque chose d'aussi stupide que l'embrasser sur la piste de danse.

Tout ce dont elle avait besoin, c'était de prendre un peu de distance. Elle allait profiter de ses vacances, terminer ses derniers articles pour le site Web de *Connaisseur*, puis chacun d'eux reprendrait son chemin, et tout redeviendrait normal.

— Tu es prête ?

En parlant du loup… Cole venait de passer la tête dans son bureau.

Ils devaient aller dîner de bonne heure, ce soir, et comme tous deux avaient beaucoup de travail ils avaient décidé de partager un taxi pour se rendre au restaurant.

— Presque, répondit-elle. Laisse-moi juste un peu de temps pour ranger mes dossiers, et j'arrive.

*
* *

Une heure et demie plus tard, Tatiana débordait de fierté. A quoi bon s'inquiéter de ce ridicule engouement pour Cole ? Peut-être avait-elle eu terriblement conscience de son corps proche du sien dans le taxi, mais au final, elle n'était pas aussi troublée qu'elle l'avait redouté.

Elle jeta un coup d'œil autour d'elle. Le restaurant Tatu, un bar à sushis, était bruyant et violemment éclairé. De fait, on avait du mal à discuter, et cette ambiance jeune et dynamique la rendait bien plus sûre d'elle que le romantisme de la veille.

Ils avaient terminé leur dîner. Pour limiter les calories absorbées, elle ne terminait jamais son assiette, et elle remarqua que Cole avait fait de même.

Bravant la foule, ils réussirent à quitter les lieux, et se retrouvèrent dans la nuit froide. La neige avait commencé à tomber lorsqu'ils étaient entrés dans le restaurant, et les trottoirs se couvraient peu à peu de blanc.

— Es-tu pressée de rentrer chez toi ? demanda Cole.

— Non, pas particulièrement. Pourquoi ?

Ils étaient tout près de Central Park, et juste au coin de la rue se tenaient plusieurs attelages. Il en désigna un du doigt.

— Ça te dirait de faire une promenade ?

— Pourquoi ? Ce n'est pas comme la danse d'hier soir, ça n'a rien à voir avec le dîner !

— Peut-être juste parce que nous sommes là, que c'est bientôt Noël, et que Central Park sous la neige doit être magnifique.

Après tout, pourquoi pas ? Tout ce qui l'attendait était un appartement vide, et Cole avait raison, le parc devait être très beau, recouvert de son manteau blanc.

— Si ça te fait plaisir ! dit-elle.

— Toujours aussi aimable, fit-il remarquer en la taquinant.

— Je ne voudrais pas que tu penses que l'ambiance de Noël adoucit mon caractère.

Si elle continuait à se comporter avec lui comme elle l'avait toujours fait depuis leur première rencontre, tout irait bien. Noël ou pas, elle n'avait pas à se montrer plus gentille que d'habitude avec lui.

Cole se dirigea vers l'un des attelages, s'adressa au conducteur, et quelques instants plus tard, ils se retrouvèrent ainsi dans la calèche, épaule contre épaule, hanche contre hanche.

Le cocher leur proposa une couverture que Cole déploya sur leurs genoux, puis l'homme saisit les rennes, et la balade commença.

Se promener ainsi, au rythme des pas du cheval, lui donnait la sensation d'avoir été transportée dans un monde merveilleux, où la nature se serait endormie sous un grand tapis blanc et les lumières de la ville ne représenteraient qu'un univers lointain.

Cole tourna la tête, sa bouche approchant dangereusement de la sienne.

— Ça va ? Tu n'as pas froid ?

Elle gigota sur le siège, juste assez pour mettre quelques centimètres entre eux.

— Non, c'est parfait, merci.

— Tu sais, je crois que je t'ai finalement percée à jour.

— Ah bon ? Comment cela ?

— Je sais que tu as envie de m'embrasser.

Elle crut qu'elle allait s'étrangler.

— Tu te fais des illusions !

— Mmm, je ne crois pas. Sinon, pourquoi aurais-tu accepté de t'asseoir sous une branche de gui ?

Tatiana leva les yeux. Noël oblige, une petite branche de gui était suspendue à la capote de la calèche, juste au-dessus de leurs têtes.

— Je te rappelle que cette promenade était ton idée.

— Es-tu en train de sous-entendre que c'est moi qui ai envie de t'embrasser ?

— Je ne sous-entends rien du tout.

Grand Dieu. Ses yeux étaient si beaux qu'elle aurait pu s'y noyer.

— Je suis sûre que c'est toi qui as tout combiné

avec cet homme, poursuivit-elle en désignant leur conducteur d'un geste de la main.

Cole se tourna vers elle et, du bout des doigts, lui effleura les lèvres, la faisant frissonner des pieds à la tête.

— Ce n'est pas parce que j'ai rêvé de ta bouche durant plusieurs nuits, des sensations que j'éprouverais en t'embrassant que j'ai manipulé ce monsieur pour réussir à t'entraîner sous une branche de gui. Je ne suis pas ce genre d'homme.

— Oh que si !

— Dans ce cas, je devrais peut-être répondre à tes attentes.

Il passa sa main sous ses cheveux et la posa sur sa nuque. Elle aurait pu s'écarter, protester, mais… elle devait bien l'admettre, elle mourait d'envie de l'embrasser.

Rien qu'une fois.

L'air était froid et ses lèvres chaudes, et elle répondit avec ardeur à son baiser.

Embrasser Cole était comme plonger dans un océan de plaisir et s'y abandonner. Un puissant désir s'insinua en elle. Comme elle aurait voulu sentir ses mains sur sa peau, sur ses seins… et… oui… entre ses cuisses. D'instinct, elle se blottit contre lui et ils s'abandonnèrent sur la banquette.

Ils auraient pu continuer à s'embrasser durant…

durant un temps infini, si l'attelage ne s'était pas arrêté. Elle ouvrit les yeux. Le conducteur les avait ramenés au point de départ. Mais contrairement à leur départ, elle n'était plus assise sur la banquette, mais sur les genoux de Cole. Elle ouvrit les yeux et, rouge de honte, se glissa sur la banquette.

La fraîcheur de l'air s'insinua en elle. S'ils ne s'étaient pas trouvés dans un endroit public, elle n'aurait jamais cessé d'embrasser Cole. Le désir se lisait dans ses grands yeux bleus, et elle sut que lui non plus n'aurait pu s'arrêter.

La prochaine fois, l'inévitable se produirait certainement, et ils termineraient ce qu'ils avaient commencé ce soir. Parce que ce baiser ne l'avait satisfaite en rien. Bien au contraire, il avait éveillé en elle l'irrésistible besoin de sentir les mains de Cole sur son corps, sa peau nue contre la sienne, et son sexe en elle.

Cole, pour sa part, paraissait très content de lui.

— Tu vois, je t'avais bien dit que tu avais envie de m'embrasser.

Levant la main, elle attrapa la petite branche de gui, et la lui jeta sur les genoux.

— Mon cher, si j'avais eu envie de t'embrasser, je n'aurais pas eu besoin d'une branche de gui pour le faire, déclara-t-elle en lui offrant un petit sourire ironique.

Elle passa devant lui, et le conducteur l'aida à descendre de la calèche.

Ce qu'elle venait de lui dire était bien loin de la vérité, mais au moins c'était une réplique qui lui permettait de le quitter tête haute.

6

Cole prit place dans le cercle d'Amour de la Saison. On était vendredi après-midi, et c'était le dernier échange de cadeaux. Dire qu'il avait failli arriver en retard ! Après leur baiser de la veille, dans la calèche, il avait eu envie de faire une surprise à Tatiana et avait couru les boutiques pour trouver le cadeau convoité. Il retint un sourire. Cette fois, elle ne pourrait pas ignorer l'identité de son Père Noël secret.

Il jeta un coup d'œil autour de lui. Tout le monde était là, sauf Tatiana.

Melvin se leva et frappa dans ses mains.

— Mesdames et messieurs, il est temps d'ouvrir nos derniers cadeaux…

— Un instant ! l'interrompit Cole. Nous n'attendons pas Tatiana ?

— Elle a déjà quitté le bureau, répondit Elle.

Pourtant, il l'avait vue ce matin.

— Pardon ?

— Oui, elle ne se sentait pas très bien et a préféré rentrer chez elle, expliqua Elle.

— C'est vrai, j'avais prévu de te le dire tout à l'heure, mais j'ai eu autre chose à faire, déclara Melvin. De toute façon, il ne vous reste plus qu'un seul dîner au restaurant, ce soir, et elle m'a demandé si elle pourrait envoyer sa chronique plus tard, par e-mail. On va faire comme ça.

— Mais qu'est-ce qu'elle a ? insista Cole.

— Elle pense avoir attrapé un rhume et ne veut pas contaminer tout le monde juste avant les vacances. Allez, mes amis, ouvrons nos cadeaux !

Sans Tatiana, l'échange de cadeaux n'avait plus le même attrait. Il détestait la savoir seule et malade chez elle.

Quelques instants plus tard, ce fut son tour d'ouvrir son présent. A sa grande surprise, il découvrit un sachet de cookies faits maison. Quelle délicate attention ! Ni sa mère, ni aucune de ses belles-mères ne lui en avaient jamais préparé. Il ouvrit le sachet, et inhala la délicieuse odeur d'amande. C'était le cadeau le plus touchant qu'on lui ait jamais offert.

Une fois tous les présents ouverts, chacun ramassa ses affaires et s'en alla. Elle se mit à ranger les chaises empilées contre le mur et il lui offrit son aide.

— Merci, répondit-elle, je dois me dépêcher, car

nous devons prendre la route pour nous rendre chez les parents de Teddy, et j'ai encore plusieurs cadeaux à acheter.

Ils terminèrent de ranger les chaises et les tables, puis Elle s'empara du paquet de Tatiana.

— Je crois que je vais aller le déposer dans son bureau. Si j'avais un peu plus de temps, je passerais le lui apporter chez elle, mais là, c'est vraiment impossible.

Cole réfléchit un instant, mais sa décision était déjà prise.

— Tu sais quoi ? Je m'en charge.

Tatiana se blottit dans sa robe de chambre en velours rose. C'était sa robe de chambre spéciale, offerte par grand-mère Ramusky qui lui avait assuré que, même si les rousses n'étaient pas supposées porter une telle couleur, cette robe de chambre pourrait la guérir de tout. Et aujourd'hui, elle avait vraiment besoin de réconfort.

Elle s'extirpa du canapé et se dirigea vers la cuisine. A l'heure actuelle, Cole devait avoir ouvert son paquet de cookies. Dommage de ne pas avoir été là pour l'observer. Elle avait vraiment tout d'une poule mouillée !

La veille, après leur baiser, elle était rentrée chez elle avec le brûlant désir de faire quelque chose de spécial pour lui. A part le sexe, évidemment. L'anonymat de l'échange de cadeaux lui avait donné une excellente opportunité. Elle avait décidé de lui offrir des cookies de Noël faits maison, sachant quelle importance ces biscuits pourraient avoir aux yeux de l'ancien petit garçon qui n'avait jamais été accueilli à bras ouverts dans sa famille pour Noël. Cole n'en avait peut-être pas conscience, mais elle avait nettement vu un voile de tristesse flotter sur ses yeux chaque fois qu'elle avait évoqué les moments heureux passés dans sa propre famille.

Elle ouvrit la boîte en fer sur le comptoir y prit quelques cookies, puis se versa un verre de lait. Certes, ce n'était peut-être pas très fair-play de sa part d'avoir prétexté un rhume pour éviter d'avoir à passer un peu plus de temps en sa compagnie, mais…

Un coup frappé à la porte interrompit ses pensées.

— Un instant !

Elle abandonna ses biscuits, se dirigea vers l'entrée, et jeta un coup d'œil par le judas.

Cole ?

Elle baissa les yeux sur sa robe de chambre de velours rose et les épaisses chaussettes qu'elle avait aux pieds.

Mmm, pas terrible, comme tenue.

Cole frappa de nouveau.

— Tatiana ? Tout va bien ? Es-tu trop faible pour ouvrir la porte ? Dois-je appeler les secours ?

Non, même si son cœur battait la chamade, il était inutile d'en arriver là.

Elle ouvrit la porte, se préparant à l'inévitable confrontation.

— Qu'est-ce que tu fais ici ?

— J'ai dit à Elle que je te déposerais ton cadeau de Noël, déclara Cole en pénétrant dans l'appartement.

— Ce n'était pas la peine de te déplacer.

— Mais puisque tu étais malade…

Sauf qu'elle n'avait pas l'air vraiment souffrante. A dire vrai, elle affichait plutôt un petit air coupable.

— Je me suis arrêté chez le traiteur et je t'ai pris un bol de bouillon de poulet. Il n'y a rien de meilleur quand on est malade.

— Merci pour tout. Je vais te débarrasser de ça pour que tu puisses rentrer chez toi. Je ne voudrais pas te retenir.

— Ne t'inquiète pas pour moi, je n'ai rien de spécial à faire. Rappelle-toi que nous étions supposés dîner ensemble. Je vais aller déposer ça dans ta cuisine et je ne partirai pas tant que je ne serai pas certain que tout va bien. Va t'asseoir pendant que je fais réchauffer ton bouillon.

Il s'avança vers ce qui lui semblait être la cuisine, mais elle le suivit.

— Je crois que tu n'as pas très bien compris. Je n'ai pas besoin qu'on s'occupe de moi !

— Toi non plus, tu n'écoutes rien, puisque tu n'es pas déjà allongée sur le canapé à attendre ton bol de bouillon.

— Tu es sourd ? Je n'ai besoin de rien ! D'ailleurs, je me sens déjà mieux.

— J'adore quand tu t'enflammes ainsi ! D'ailleurs, tu es très sexy dans cette robe de chambre.

Elle lui lança un regard qu'elle aurait voulu furieux, mais qui trahissait sans doute ce qu'elle ressentait à cet instant. Du plaisir de le voir, et un indéniable désir…

— C'est cela, oui ! dit-elle pourtant.

— Douterais-tu de ma sincérité ? dit-il en s'approchant d'elle avec un sourire en coin.

D'un geste lent, il écarta les pans de sa robe de chambre, et comme elle le laissait faire, trop fascinée par les sensations qui l'envahissaient, il glissa les mains sous son T-shirt. Ses seins étaient si ronds… si parfaits… Du bout des doigts, il en effleura les pointes qui se dressèrent aussitôt.

— Tu vois, j'ai ce qu'il faut pour te soigner.

Et elle sut qu'elle ne pourrait plus résister. Elle se pressa contre lui, plaquant ses seins contre son torse et ses hanches contre les siennes, puis déposa une myriade de baisers dans son cou.

— Mmm, effectivement, tu m'as l'air d'avoir le remède idéal, susurra-t-elle.

— Oui, mais je crois que le plus important c'est de te mettre au lit.

Tatiana se laissa tomber sur le lit, suivie par Cole. Ils s'étaient débarrassés de leurs vêtements entre la cuisine et la chambre, et en le voyant nu, son excitation s'accrut encore.

Il la plaqua sur le matelas et commença à l'embrasser dans le cou.

— Tu sais, je ne pensais qu'à ça le jour où Melvin nous a convoqués dans son bureau.

Du bout de la langue, il titilla son téton et elle se cambra contre lui.

— Vraiment ? Tu t'imaginais en train de m'embrasser les seins jusqu'à me rendre folle ?

— En fait, je pensais à t'embrasser…

Il descendit le long de son ventre, déposant de langoureux baisers et de petits coups de langue. Oh, comme c'était bon ! Elle écarta les cuisses, et il s'y aventura, sa barbe naissante effleurant sa peau.

— … Partout, susurra-t-il avant d'insinuer sa langue entre ses plis intimes.

Elle gémit aussitôt. C'était encore meilleur que ce qu'elle avait imaginé.

— Tu es délicieuse ! Je n'aurais pu rêver meilleur

hors-d'œuvre, plaisanta-t-il en redressant sa tête d'entre ses cuisses.

— Loin de moi l'idée d'interrompre tes plaisirs gourmands, mais je trouve injuste de ne rien avoir à me mettre sous la langue.

Elle se retourna, et tandis qu'il continuait à caresser et lécher son sexe, elle prit le sien dans sa bouche. Avec gourmandise. Profondément. Elle le sentait palpiter contre sa langue, et cela ne faisait que renforcer sa propre excitation.

Jamais elle n'avait été aussi rapidement intime avec un homme, mais cela faisait presque un an qu'ils étaient engagés dans un pas de deux, et après avoir tout fait pour nier l'attirance qu'elle éprouvait à son égard, il était inévitable qu'ils deviennent amants.

— Hors-d'œuvre pour deux, murmura-t-elle.

Enfiévrée par le désir, elle se remit à donner des petits coups de langue sur son sexe durci, avant de le prendre dans sa bouche, tandis qu'il continuait à lécher son intimité.

— Bébé, si nous ne nous arrêtons pas tout de suite, je n'arriverai jamais jusqu'au plat principal, dit Cole.

Elle se laissa rouler sur le dos, et, après avoir enfilé un préservatif, Cole se positionna à l'extrémité du matelas. Il la contemplait avec un tel désir qu'elle en était troublée jusqu'au fond de son être.

— Je sais exactement de quoi j'ai envie comme plat principal, susurra-t-elle.

Il éclata de rire, et lui attrapa les jambes, l'attirant vers lui jusqu'à ce que ses fesses se trouvent au bord du matelas, puis, positionnant ses jambes sur ses épaules, il la pénétra d'une longue poussée. Elle poussa un cri de plaisir et se cambra pour le prendre plus profond encore. Alors, il se mit à aller et venir en elle, de plus en plus vite, de plus en plus fort, l'entraînant vers l'orgasme, puis se refrénant, jusqu'à ce qu'elle n'en puisse plus. A l'évidence, il se retenait pour ne pas jouir trop vite.

— Je t'en prie… prenons le dessert ensemble, haleta-t-elle.

Un long frémissement monta en elle, quelque chose qu'elle n'avait jamais connu, et qui l'envahit, puis explosa en une multitude infinie d'étincelles. Elle cria de plaisir et Cole s'abandonna à son tour.

— Merci pour les cookies, chuchota Cole.

Tatiana était incapable de bouger. Après leur premier épisode torride, Cole l'avait fait asseoir sur lui et ils avaient refait l'amour. Quand était-ce ? Il y a cinq minutes ? Dix ? Une éternité ?

Elle était toujours allongée sur lui, épuisée.

— Quels cookies ?

— Ceux aux amandes, que le Père Noël m'a apportés. Les mêmes que j'ai sentis dans ta cuisine.

— Oh ! J'ignorais que tu l'avais remarqué.

— Bébé, tu es peut-être adorable dans cette robe de chambre rose, mais je n'ai pas pu m'empêcher de humer cette délicieuse senteur.

— Tu as compris que c'était moi quand tu as ouvert ton paquet ?

— Non. J'avais deviné pour le bavoir et la cuillère en argent, mais les cookies… C'était beaucoup trop gentil. Je pensais que cela provenait de quelqu'un d'autre.

Elle éclata de rire, et lui jeta un coussin à la tête.

— Hé ! Comment aurais-je deviné que c'était toi ? Tu ne t'es jamais montrée gentille envers moi.

Elle le mordit à l'épaule.

— Parce que je ne t'apprécie pas.

Non, elle l'aimait. Pour le meilleur et pour le pire, pour tout ce qu'il était ou n'était pas. Oui, elle l'aimait.

— Mmm, tu ne disais pas cela, tout à l'heure.

— Disons que je te tolérais, sur le moment.

Cole éclata de rire.

— Quoi ? reprit-elle. Imagine un peu ce que tu éprouverais si j'étais assez stupide pour te dire que je suis amoureuse de toi.

Il lui effleura l'épaule.

— Dire que pendant des années j'ai fermé mon cœur à quiconque tentait de m'approcher. Puis tu es apparue, et je me suis rendu compte que lorsque l'amour est là, on n'a pas d'autre choix que de le laisser entrer dans sa vie.

Elle recula légèrement et l'observa, partagée entre le bonheur fou et l'incrédulité.

— Excuse-moi, mais viens-tu de me faire une déclaration d'amour ? bredouilla-t-elle.

— Honneur aux dames. N'as-tu pas déclaré que tu serais stupide de m'avouer tes sentiments ?

— Peut-être.

— Trouillarde !

— Bon, d'accord, j'avoue éprouver des sentiments pour toi. Oui, je t'aime. Voilà, tu es content ?

— Je commence à l'être.

Soudain, plusieurs pensées se bousculèrent dans son esprit. Cole n'était pas en meilleurs termes avec sa famille. Il passait Noël avec sa sœur, et non avec son père ou sa mère. Cela faisait environ un an qu'il travaillait pour *Connaisseur*, mais depuis, elle n'avait plus jamais entendu parler d'une rencontre de son père avec monsieur Creighton, leur P.-D.G.

— Ce n'est pas ton père qui t'a obtenu ce poste, au magazine, n'est-ce pas ?

— Qu'est-ce qui te fait dire ça ? demanda-t-il d'un air détaché. Et quelle différence cela peut-il faire ?

— Depuis que je te connais, j'ai toujours pensé que tu avais obtenu ton poste par relations, alors que nous avons tous dû travailler dur pour arriver là où nous en sommes. Mais ton père ne t'a pas aidé, n'est-ce pas ?

— Oh que non ! Il a des amis au *Wall Street Journal* et aurait préféré que je travaille là-bas. S'il est venu voir Douglas Creighton, c'est pour le dissuader de m'embaucher. Par chance, monsieur Creighton est un homme qui pense que chacun doit suivre le chemin qui lui plaît.

— Mais pourquoi nous avoir laissé croire… ?

— C'est vous qui avez choisi de croire ce que vous vouliez.

— Mais, tu aurais pu nous dire…

— Non. Depuis longtemps j'ai décidé de ne pas me préoccuper de ce que les gens pensent de moi.

— A cause de tes belles-mères ?

— Oui, et de mes beaux-pères. D'ailleurs, j'aurais bien aimé t'emmener passer Noël chez Connie, mais le bébé a la varicelle, et je ne l'ai jamais eue. Ça te dirait que nous partions pour Corfou ?

— Pourquoi ?

— Pourquoi pas ? J'adorerais aller là-bas avec toi. Noël à Corfou. Ça sonne bien, non ?

— Mais… Je n'avais pas prévu d'aller là-bas !

— Moi non plus. Mais je n'avais pas non plus prévu de tomber amoureux de toi, et pourtant, j'en suis ravi.

— J'adore voyager, mais tu sais bien qu'il faut toujours tout organiser à l'avance. De plus, mes valises ne sont pas faites. Et puis, ça doit coûter une fortune de partir si loin.

Il esquissa un sourire, et, si elle ne l'avait pas observé avec tant d'attention, elle n'aurait pas remarqué la lueur de déception dans ses yeux. Néanmoins, il se pencha vers elle et l'embrassa sur le bout du nez.

— Ce n'est pas grave, bébé. Après tout, peu m'importe où nous nous trouvons, tant que nous sommes ensemble. Au fait, au risque de paraître indélicat, je suis affamé ! Je n'ai pas déjeuné, et la femme avec qui je devais dîner m'a lâchement abandonné. Ça ne te dérange pas que j'aille faire chauffer le bouillon de poulet ? Etant donné que tu es malade, je serais ravi de t'en amener un bol au lit.

— C'est d'accord !

Il quitta la chambre et elle l'entendit s'activer dans la cuisine. Elle aurait dû être comblée, mais elle ne pouvait s'empêcher d'être troublée par la pointe de déception qu'elle avait lue dans ses yeux.

Elle avait tant de souvenirs de vacances passées au sein d'une famille qui l'aimait. Cole, lui, avait été ballotté d'un parent à l'autre, sans être jamais bien accueilli. Quelqu'un lui avait-il déjà demandé ce qu'il voulait pour Noël ? Elle pariait que non. Pourtant, alors qu'il n'avait jamais été proche de quiconque, il lui avait suggéré ce qui lui ferait plaisir, et elle l'avait repoussé pour des raisons ridicules qui n'étaient dues qu'à un seul fait : en dehors du travail, elle ne savait pas se distraire.

Cependant, elle pouvait apprendre. Et il était grand temps pour elle de s'ouvrir à la vie et d'avoir ses propres traditions de Noël.

Elle se leva, enfila sa robe de chambre et se dirigea vers la cuisine, où Cole était en train de faire réchauffer le bouillon de poulet dans une casserole.

— Mmm, ça va me faire du bien, car je crois que je suis vraiment malade.

Cole se retourna, et l'observa d'un air inquiet.

— Qu'est-ce qui t'arrive ?

— J'ai le mal des voyages.

— Pardon ?

— Quelqu'un m'a suggéré de passer Noël à Corfou, et cela m'a d'abord semblé complètement dingue, mais à présent, j'ai le mal des voyages et je crois que ça me ferait du bien de partir là-bas.

— Tu en es sûre ?

— Absolument.

Lâchant sa cuillère, il bondit vers elle, la prit dans ses bras et la fit tournoyer dans la cuisine, avec l'air heureux d'un petit garçon à qui on viendrait d'offrir un cadeau de Noël auquel il ne croyait plus.

Ce qui lui rappela…

— Au fait, quand tu es arrivé, tu avais un cadeau à la main. C'était pour moi ?

— Oui, c'est celui du bureau. J'ai dit à Elle que je passerais te le déposer.

Il s'empara du paquet qu'il avait posé sur le comptoir.

— Tiens, ouvre-le. Ça te sera peut-être utile.

Elle déballa le paquet, écarta le papier de soie et découvrit un bikini de satin rouge… brodé d'une branche de gui.

Elle éclata de rire et leva les yeux vers lui.

— C'était donc toi, mon Père Noël secret !

Cole acquiesça en souriant.

— Eh bien, je crois que je vais mettre ce maillot de bain dans ma valise avec mon huile de massage parfumée.

— Pourquoi ne viendrais-tu pas t'asseoir sur les genoux du Père Noël pour lui confier quel autre cadeau te ferait plaisir ?

Elle s'assit et se blottit contre lui.

— Cher Père Noël, comme j'ai été sage toute l'année, je crois que mon plus beau cadeau serait d'avoir Cole Mitchell dans ma vie pour toujours, déclara-t-elle avant de l'embrasser avec passion.

Retrouvez en février 2020,
dans votre collection

♦ SAGAS ♦

Trilogie intégrale : FRÈRES & SÉDUCTEURS de Abby Green - N°122

L'héritier secret des Falcone

Tu m'as privé de mon fils et je me vengerai ! À l'instant où Rafaele Falcone prononce ces mots, Sam sent une sourde angoisse l'envahir. Trois ans plus tôt, le cœur brisé par la réaction glaciale de Rafaele à l'annonce de sa grossesse, elle a cru faire le bon choix en lui laissant croire qu'elle avait perdu le bébé. Mais, aujourd'hui, c'est un homme furieux qui se dresse face à elle…

Une nuit avec Alexio Christakos

À la seconde où Alexio Christakos s'assoit à son côté dans l'avion, Sidonie sent un trouble puissant l'envahir. Et, si elle se surprend à apprécier la compagnie du richissime homme d'affaires, elle devine le danger que représente ce dernier pour elle… Mais comment repousser les avances d'un des hommes les plus puissants – et envoûtants – d'Europe ?

Au bras de Cesar da Silva

Dans un moment d'égarement, Lexie a échangé un baiser brûlant avec Cesar da Silva. Une impulsion qu'elle regrette à présent que leur photo fait la une de la presse. Il n'y a qu'un moyen de faire oublier ce scandale, Lexie le sait. Donner aux médias l'image d'un couple amoureux. Mais jouer la comédie au bras de Cesar da Silva promet d'être un cauchemar…

Série intégrale : LES SECRETS DE WILLOWMERE de Abigail Gordon - N°123

La seule passion d'une infirmière

Glenn Hamilton est de retour à Willowmere ! Aussitôt, les souvenirs assaillent Andrea : leur folle passion, leurs projets... Jusqu'à ce tragique accident… Brisée, Andrea avait alors prétexté ne plus aimer Glenn. Aujourd'hui, elle se prend à douter : a-t-elle eu raison de lui cacher la vérité ?

Nouvelle chance pour un médecin

À Willowmere, Georgina mène une vie tranquille, jusqu'au jour où son ex-mari, Ben, vient s'installer près de chez elle. Car, s'ils sont séparés, ils n'ont pu s'empêcher de passer une nuit ensemble quelques mois plus tôt. Une nuit de passion qui n'a pas été sans conséquence…

Un mariage à Willowmere

Après le drame qu'elle a vécu, Laurel apprécie de trouver refuge dans le paisible village de Willowmere. Elle hésite toutefois à accepter de travailler quelque temps pour le Dr Trewlaney. Un homme séduisant, dont le regard la fait se sentir femme de nouveau...

Le goût du bonheur

Lizzie ne peut croire à son bonheur quand James Bartlett, son patron, lui propose de l'épouser et de venir vivre avec lui et ses deux enfants. Pourtant, elle hésite à accepter, car elle ignore si James voit en elle autre chose qu'une nouvelle maman pour Polly et Jo…

Retrouvez en février 2020,
dans votre collection

♦ SAGAS ♦

Trilogie intégrale : HEUREUX ÉVÉNEMENTS
de Karen Rose Smith - N°124

Inavoubale tentation
Il y a deux ans, Sara a pris soin de Jase quand, grièvement blessé, il en avait le plus besoin. C'est Jase qui vole aujourd'hui à son secours : il les hébergera, sa fille et elle, le temps qu'il faudra. Toutefois, comme ils ne vont pas tarder à le découvrir, vivre aussi près de la personne que l'on désire en secret peut devenir un supplice…

Quand l'amour sonne à la porte
Cette fois, c'en est trop : Adam comprend qu'il ne s'en sortira pas seul face aux pleurs incessants de sa nièce qu'il garde temporairement… Pourtant, quand il se résigne à faire appel à une association d'aide aux parents, c'est une surprise de taille qui l'attend. Face à lui se tient Kaitlyn Foster, cette pédiatre avec qui il a vécu des instants brûlants, un an plus tôt…

Au nom de son fils
Ty Conroy est de retour ? Marissa est désemparée : jamais elle ne se serait attendue à ce que le célèbre champion de rodéo revienne un jour dans sa ville natale. Pour être honnête, elle espérait ne jamais le revoir. Car, après l'intense nuit de passion qu'ils ont partagée deux ans plus tôt, elle a eu un bébé. Et aujourd'hui la vérité est sur le point d'éclater…

Trilogie intégrale : LES AMANTS DU TEXAS
de Lisa Renee Jones - N°125

Au nom du plaisir
En voyant Bobby Evans s'approcher d'elle, Jennifer est stupéfaite. Comment ose-t-il, alors qu'il n'a pas donné le moindre signe de vie depuis sept ans ? Pourtant, elle sent un incroyable désir l'envahir, exactement comme par le passé. Sauf que, cette fois, elle est bien décidée à ne pas se laisser faire. Ou, alors, à prendre les devants et à soigner le mal par le mal…

Un défi délicieux
En acceptant de sauter en parachute pour prouver à sa meilleure amie qu'elle est capable de lâcher prise, Sabrina n'imaginait pas que le véritable défi serait de résister à l'affolant désir qu'elle éprouve pour son instructeur, le bien trop sexy Ryan Walker. Un homme manifestement conscient de son pouvoir de séduction…

Parenthèse sensuelle
Quinze jours. C'est ce que Shay est prête à accorder à Caleb, son amour de jeunesse qui vient de resurgir dans sa vie. Quinze jours pour faire tout ce que ni lui ni elle n'avaient osé entreprendre à l'époque. Mais Shay est sûre d'une chose : après cette parenthèse passionnée, Caleb devra sortir de sa vie. Même si son cœur se serre déjà à cette perspective…

Composé et édité par HarperCollins France.

Achevé d'imprimer en novembre 2019.

CPi
BLACK PRINT

Barcelone

Dépôt légal : décembre 2019.

MIXTE
Papier issu de sources responsables
FSC® C108412
www.fsc.org

Pour limiter l'empreinte environnementale de ses livres, HarperCollins France s'engage à n'utiliser que du papier fabriqué à partir de bois provenant de forêts gérées durablement et de manière responsable.

Imprimé en Espagne.